KiWi 135

Über das Buch

Als 1985 die Erzählung »Die Bürgschaft« von Thorsten
Becker erschien, ereignete sich etwas, was im deutschen
Literaturbetrieb selten passiert: Die Literaturkritik von der
Frankfurter Rundschau bis zum Spiegel, von der FAZ bis zur
Neuen Züricher Zeitung war sich einig, ein großes deutsches Erzähltalent entdeckt zu haben. Gelobt wurde nicht
nur der unnachahmliche, witzig-ironische Stil, die hohe
Sprachfertigkeit und Intelligenz des Autors sowie sein vir-
tuoses Spiel mit der Handlung von Schillers gleichlautender
Ballade, sondern vor allem sein Thema: Die deutsch-deutsche Teilung: Wohl selten hat man in der deutschen Nach-
kriegsliteratur so eindringlich, treffend und unterhaltsam
lesen können, wie sich die Grenze zwischen der Bundesrepublik Deutschland und der DDR in den Köpfen der Menschen
und im Alltagsleben diesseits und jenseits der Grenze nieder-
schlägt. Der Autor erhielt 1986 für seine Erzählung den Lite-
raturpreis der FAZ.

Der Autor

Thorsten Becker, 28, wuchs in Köln auf, besuchte eine
Schauspielschule in Wien, studierte Philosophie und Theater-
wissenschaft in Berlin und arbeitete als Schauspieler und
Regieassistent in Köln, Stuttgart und Bochum. 1985 erschien
Die Bürgschaft im Ammann-Verlag, Zürich, für die er im sel-
ben Jahr den FAZ-Literaturpreis bekam. 1987 erscheint
Thorsten Beckers zweite Erzählung *Die Nase* bei Kiepen-
heuer & Witsch.

Thorsten Becker

Die Bürgschaft

Eine Erzählung

Kiepenheuer & Witsch

© 1985 by Ammann Verlag AG, Zürich
© 1987 by Verlag Kiepenheuer & Witsch, Köln
Umschlag Hannes Jähn, Köln
Druck und Bindearbeit May + Co, Darmstadt
ISBN 3 462 01838 8

Inhalt

I Vaterland und Muttersprache

Es gibt vielleicht noch einen Ort in Deutschland, den die Bundesrepublikaner fürs Erzählen haben. Dieser Ort ist die Transitautobahn. Die DDR sollte meiner persönlichen Meinung nach nächstens mit dieser Begründung die Transitpauschale erhöhen.

Der Engländer sagte nichts. Ich hatte keine Lust, deswegen das alte Zeige-dich-zeige-dich-oder-ich-erwürge-dich-Spiel mit ihm zu spielen. Geschichten erzählen ist heutzutage so eine Sache, und die seine war es nicht, er ging ja noch zur Schule. Wäre er ein Ire gewesen, der eine ähnliche Geschichte wie ich hier zu erzählen gehabt hätte, er hätte mit der Versicherung begonnen, er habe sie aus der Zeitung, sie sei daher eine »true story« oder gar eine »story from true life«, wofern er nicht überhaupt Keltisch gesprochen hätte und nicht zu verstehen gewesen wäre. Diese Einleitung aber nur, um Geschichten von sechzehnschwänzigen Ungeheuern und sprechenden Schweinen aufzutischen, weil die Kühlschränke in Eire immer noch recht leer sind. Die Deutschen haben es sich, solange es sie noch gab – und sie sind im übrigen so ziemlich genau mit der Einführung von Kühlschränken in den von ihnen bevölkerten Landstrichen ausgestorben –, seit Schlegels Diktum, eine gute Einleitung müsse zugleich die Wurzel und das Quadrat des Ganzen enthalten, mit den Anfängen schwer gemacht. Die romantische Freiheit ist seitdem Pflicht, das Verhältnis von Dichtung und Wahrheit problematisch geworden. Aber eine Aufgabe kann immer erst dann gestellt werden, wenn sie gelöst ist, soviel muß die mathematische Lektion Schlegels hergeben. Die Exposition ist immer das Dach und nie das Fundament, sie ziert und schützt das Gebäude der Erzählung vor den Wechselwettern der Moden.

Wir wissen erst hinterher, was geschehen wird. Deshalb müssen weiter Geschichten erzählt werden – damit die Menschheit überleben kann. Der schlechteste Erzähler unterscheidet sich vom besten Romancier immer noch dadurch, daß er die Geschichte nicht in seinem Kopf gebaut hat, bevor er sie erzählt. Marx' Beispiel von der Biene und dem Baumeister vom Anfang des 5. Kapitels des 1. Bandes des »Kapitals« hat, wie es bei philosophischen Beispielen der Fall zu sein pflegt, zu vielen Mißverständnissen geführt. (Aus den Korintherbriefen zitiere ich nicht, man weiß also gleich, welche Musik hier gespielt wird.) Was gilt, ist: der kluge Mann baut vor, der schlaue läßt vorbauen. Ich habe mit dem Titel dieser kleinen Erzählung auf die Herkunft der Geschichte, die sie enthält, hinweisen wollen. Als Schüler des Schiller-Gymnasiums mußte ich die Ballade von der Männertreue auswendig lernen. Gleichzeitig mit den Bildern von den jungen blühenden Mädchen auf dem anderen, nur unter Androhung höchster Schulstrafen zu betretenden Schulhof erinnere ich mich eines aus den Tagen der Studentenrevolte, die wie am Freitag der Fischgeruch aus der gegenüberliegenden Mensa von der Universität zu unserem Gymnasium herüberwehte. Die Schillerbüste in der Aula war von Primanern mit Ketchup und Verbandszeug in ein Pop-Art-Objekt umfunktioniert, mit roter Farbe war dahinter an die Wand gesprüht: Schiller ist tot.

Seine Geschichten hätten überleben können, wenn Schiller sich seiner Aufgabe nicht zu sehr bewußt gewesen wäre. Er hätte sie vergessen müssen, nachdem er sie gelöst hatte. Ins Reich der Wahrscheinlichkeit und in die Form der Ich-Erzählung versetzt, wird seine Bürgschaft zu einem Abenteuerroman nach Schema F. Das »Ich« sichert das Überleben, es gibt keine formgeforderten Opfer. Ich, der ich erzähle, bin entronnen; ich habe nichts mehr zu erleben, ich habe schon erlebt, nur darum kann ich erzählen. Damit verzichte ich darauf, was am Abenteuerroman das Köstlichste zu sein scheint: das Spannende. Das Erzählen soll nicht spannen, es soll lösen. Die Spannung führt aus dem Raum, in den die erinnernde Erzählung die Zeit zu überführen vermag, in deren Eindimensionalität zurück. Es gibt eine profane Erfahrung, die der poetischen nahekommt, das ist die der Langeweile, in der sich die Zeit so sehr zu dehnen scheint, daß sie fast körperlich wird. Die amerikanistische Idiotie von »time is money«, der nach dem letzten Krieg der deutsche Westen verfallen ist, hat dort zum Aussterben der Zeiträume, in denen Langeweile zu erfahren ist, geführt. In der DDR haben sie sich nicht nur erhalten, die Einführung des Sozialismus durch die Rote Armee hat für deren Vermehrung gesorgt. Dort, wo man so vieles erreicht hat, nur nicht das, worauf man aus war, nämlich sozialistische Ökonomie (mit Betonung auf »Ökonomie«), und deshalb der symbolischen Verkörperung dieses Ideals, dem Leistungssport, nachrennt, gibt es noch Zeit. Soweit sie durch dieses Land führen, teilen die Transitautobahnen dem Reisenden davon mit. Für den Transitreisenden findet aus seiner Perspektive, der der Autobahn, ein dialektischer Umschlag, eine Negation der Negation statt. Hier, wo die Tendenz der Autobahn, nichts weiter zu sein als die Verbindung zwischen zwei Punkten, ihre Wirklichkeit vollbringt, wird sie vollends zur Straße. Die Zeit, die sie totschlagen wollte, ersteht allmächtig wieder auf. Dieser Umschlag betrifft dann die unmittelbare Situation des Menschen im Automobil. Er verliert die Illusion, sich im Raum zu bewegen, und kommt zu der Wahrnehmung, daß er in einem eisernen Käfig in der Zeit gefangen sitzt. In diesen fiktiven Raum können sich Geschichten ergießen, für die die DDR meist nicht nur den Anlaß, sondern auch den Schauplatz liefert. Ich habe die Fahrt von und nach West-Berlin unzählige Male unternommen und, wenn die Gesellschaft nicht zu schlecht war, mich gut dabei unterhalten. Aber erst als ich meine Studienjahre in der Mauerstadt beendet hatte und nur noch einmal zu ihr fuhr (»Als wär's das letzte Mal«), um ihr Lebewohl zu sagen und sie meiner neuen Freundin zu zeigen, veränderte die Transitstrecke mit den Geschichten, die auf ihr unser Fahrgast erzählte, wie man sehen wird, mein Leben.

Wenn ich also im folgenden eine deutsch-deutsche Geschichte erzähle, knüpfe ich auch an das an, was bei Schiller heute das Bedenklichste sein muß. Dem Kollegen Pohrt ist es zu danken, mit allem Nachdruck die Frage aufgeworfen zu haben, ob nicht der deutsch-deutsche Nationalismus weniger eine Halbierung als vielmehr eine Steigerung des eigentlichen deutschen Nationalismus darstellt. An eindeutigen Antworten aus dem Ausland hat es nicht gefehlt. (Viel bestürzender als diese Stimmen war die Art und Weise, wie »das Ausland« daraufhin in Bonn ausgesprochen wurde.) Die dritte Stufe dieser Steigerung brauchen wir uns nicht mehr vorzustellen, sie ist schon lange auf Zelluloid gebannt. Wenn die Ästhetisierung der Politik und der Zugriff auf den Film zum Wesen des Hitlerfaschismus gehören, so ist eine schaurige Konsequenz daraus, daß der Staatsschmuck des Dritten Reiches das eindeutige Lieblingsmotiv der internationalen Cineasten ist. Interessanterweise war es ein Deutscher, der das Hollywood-Klischee vom Nazi auf die unerreichte Spitze getrieben hat, wo es zur Wahrheit in Beziehung tritt. Ich spreche von Fritz Langs in Hollywood gedrehtem Film »Hangmen also die«, an dem bekanntlich Brecht auf so unglückliche Art mitgewirkt hat. Die Szene, die ich meine, ist die, wo sich ein kollaborierender tschechischer Bürokrat auf englisch an den Reichsprotektor wendet und zur Antwort bekommt: Wagen Sie es, mich in dieser Sprache anzuquatschen! Deutsch-Deutsch-Deutsch!!!

Abgesehen davon, daß ich glaube, daß Wolfgang Pohrt einen schlimmen Irrtum begeht (einen Irrtum, der heute schon Tag für Tag das Todesurteil für viele Menschen auf dieser Erde bedeutet und es recht bald für uns alle bedeuten kann), wenn er den Amerikanismus für etwas anderes hält als den amerikanischen Nationalismus (der ein Imperialismus ist), möchte ich ihm gar nicht widersprechen, zumal seine Argumente ja zum Teil die Lenins sind (die nämlich, die er in »Wer sind die Volksfreunde und wie kämpfen sie gegen die Sozialdemokratie?« vorträgt). Ich möchte sogar zu Pohrts Bedenken noch eigene hinzufügen.

Es heißt Kitt für den Grundwiderspruch der bürgerlichen Gesellschaft zu fabrizieren, wenn man zur Begründung für deren fiktive Verträge mit den Individuen den emotiven Lehm solcher Gefühle wie Treue und Vaterlandsliebe herbeikarrt. Der Deutsche Idealismus war nur ein Weilchen schön, früher oder später mußte geschehen, was seinen aufgeklärtesten Vertretern ohnehin klar war, es mußte Blut fließen, wo einmal Tinte das Werk vollbringen konnte. Kein Sieger, dem wir die Schuhe lecken, damit er uns nächstens die Zeche unserer Väter bezahlen läßt und in den nuklearen Ofen schiebt, kann uns aus dem geschichtlichen Verhältnis erlösen. Die Deutschen haben der Welt den Krieg gebracht, die deutschen Republiken müssen alles Unmögliche tun, was ihr jetzt den Frieden bringen kann. Hoffentlich ist die Zeit nicht schon wieder so weit, daß es zum Verbrechen wird, einen Roman zu schreiben. Wenn man zu Ende gehört hat, was ich zu erzählen habe, wird man über diese Bedenken entscheiden müssen. Ich müßte lügen, wenn ich sagen würde, daß ich das Folgende frei erfunden habe, ebenso wie es die Unwahrheit wäre, zu behaupten, alles habe sich genau so zugetragen, wie ich es berichte. Die Wahrheit ist, daß eine Geschichte nie so erzählt werden kann, wie sie geschehen ist. Das Leben ist zu kurz, um alle Widersprüche auszugären, und bevor wir sie begreifen, wird es hilfreich sein, sie verstehen zu lernen.

Der Engländer sagte nichts, oder fast nichts, selbst wenn man ihn englisch ansprach. Er las ironischerweise – ich will mich an die Tatsachen halten, auch wenn deren Ironie eigentlich zu billig ist – ein Buch von George Orwell. Wir hatten ihn auf der Autobahnauffahrt Stuttgart-Stammheim mit seinem roten Rucksack aufgelesen. Das war von meiner Seite ein Akt christlichen Mitleids. Ich wollte ihn eingedenk eigener traumatischer Tramp-Situationen bis zur nächsten Raststätte mitnehmen, um ihm eine Ausgangsposition zu verschaffen, da das BMW-

und Mercedes-Volk im absoluten Halteverbot keinen Tramper einsteigen läßt. Prinzipiell wollte ich überhaupt keinen Tramper mitnehmen, da ich mit meiner neuen Freundin unterwegs war, wo jeder dritte nur stören konnte. Ich hatte den Engländer gefragt, wo er hin wollte, um ihm Tips zu geben. Unangenehmerweise wollte er nach Berlin, das hieß, wir würden ihn, wo wir ihn nicht auf die unenglische ausladen wollten, die ganze Fahrt über im Rücken haben. Die Geschichte hatte noch nicht begonnen, und obwohl der Engländer nur zu ihrer Vorgeschichte gehörte und auch wegen mangelnder Deutschkenntnisse oder aufgrund seines Charakters an dem, was ich zu berichten habe, unbeteiligt blieb, war er doch schuld, daß sie begann. Es war auf der Raststätte Münchberg, etwa 25 Kilometer vor der Staatsgrenze Ost der Bundesrepublik, als wir wieder auf die Autobahn wollten und am Rande der Auffahrt das Schreckbild von einem Tramper gewahrten. Er schien der älteste Tramper der Welt zu sein. Etwa 40 Jahre alt, Glatze, Schnauzbart, Boxernase, Krusten im Gesicht und auf den Händen, abgetragene US-Armeekleidung, Jesuslatschen und dazu ein Seesack. »Wenn schon, denn schon«, dachte ich und hielt etwas spät, da ich einige Sekunden mit dem Bremsen zögerte, »nehmen wir den auch noch mit.«

Er – wir können ihn, da er zu den Menschen zählte, die Freundschaft schnell schließen, schon jetzt wie seine Freunde »Glatze« nennen – stammte aus der DDR und war, zumindest was das Reden betrifft, das genaue Gegenteil von unserem jungen Engländer. Sicher ist die Phantasie eine Begabung, aber es gibt Situationen, die quasi zur Phantasie zwingen, zum Beispiel wenn man als Tramper stundenlang im Regen auf einen Lift wartet, oder wenn man sein Leben in der DDR verbringt. Nach der etwas klammen Stille, die durch die Anwesenheit des Engländers entstanden war, ergoß sich aus Glatzes Berlinerschnauze ein Redeschwall, von dem man nicht wußte, wie er je aufzuhalten sein würde. Im Nu wußten wir, daß er im Prenzlauer Berg aufgewachsen, vor kurzem ausgereist und nun in West-Berlin beheimatet war. Jetzt kam er von seiner lang ersehnten Italienreise, wo er sich die Hautkrankheit mit dem abstoßenden Ausschlag geholt hatte, und reiste seiner Frau und seiner Tochter nach, die eine Mitfahrgelegenheit gefunden hatten. Die Geschichten, die Glatze uns während der Fahrt durch die DDR, die uns bevorstand, zum besten gab und in denen allesamt der Alkohol und die Volkspolizei neben dem ich-erzählenden Helden die Hauptrollen spielten, waren die ersten Einblicke in die DDR mit Augen, wie sie mir später selber wachsen sollten. Um dem Leser davon mitzuteilen, möchte ich gleich versuchen, eine dieser Geschichten, der ein allzu witziger Kopf vielleicht den Titel »Angeklammert« gegeben hätte, weil darin das DDR-Provinzstädtchen Anklam an der Peene den Ort der Handlung abgibt, soweit mir das mit meinen Worten gelingen kann, wiederzugeben. Zuvor will ich aber noch einer kleinen Szene Erwähnung tun, um dem Leser plastisch zu machen, daß eine Staatsgrenze überschritten wird und ihm die einschlägigen Erfahrungen in die Erinnerung zu rufen, auch um Glatze, unseren Erzähler, ein wenig vorzustellen, bevor ich ihm das Wort gebe.

Der Herr von der Grenztruppe am Übergang Hirschberg hatte nämlich Schwierigkeiten mit dem Reisedokument unseres Engländers. Der diensttuende oder, besser gesagt, wachhabende Volksarmist war mit dem Vergleich zwischen dem Paßfoto und dem Gesicht des Engländers bis an das Äußerste seiner Kenntnisse und Fertigkeiten gefordert. Er hieß uns aus der Reihe fahren, suchte noch einige Male alle Gesichter im Auto durch, stieß dann halb befehlend, halb fragend den Namen des Engländers in thüringischem Dialekt aus. Der Betroffene meldete sich halb schuldbewußt, halb trotzig. »What sex?« fragte der Wachhaber in das von langem blondem Haar umflorte Milchgesicht. »No sex, I'm British«, antwortete der Schläfrige. »Mensch, Alter, haste noch nie 'n englischen Paß gesehn? Mußte ma umblättern!« Das war Glatze, der als Entronnener große Neigung zu spüren schien, seinen einstigen Wächtern Nasen zu drehen. Der Grenzer blätterte tatsächlich, und seine Miene erheiterte sich sichtlich. Er hatte dazugelernt, und Glatze konnte sich nicht verkneifen, die Lektion zusammenzufassen: »Da sind nämlich viele Bilder drin, von ganz klein bis heute.«

Wir fuhren also nach Anklam, begann Glatze seine Erzählung, nachdem er sich wie im Kasperltheater versichert hatte, daß wir sie hören wollten. Abends sollte im Theater zu Anklam eine Premiere stattfinden, die ein uns befreundeter Provinzregisseur dort verbrochen hatte. Unser Zug erreichte Anklam gegen halb vier, zum Beginn der Vorstellung hatte noch viel Zeit zu vergehn. Wir waren in der Gaststätte gegenüber dem Theater verabredet, und so kam es, daß wir, als wir die Straßenseite wechseln wollten, alle schon einige 100 Gramm intus hatten und tief durchatmen mußten, um beim Gehen nicht zu schwanken. Das Theater war fürchterlich, weil wir abrupt für eine lange Zeit das Rauchen und das Trinken aussetzen mußten, denn bestimmte Ideen Brechts

17

haben auf den Brettern, die die DDR bedeuten, eben doch keine Verwirklichung gefunden. Allein die Pause bot kurz Gelegenheit, den Forderungen der Sucht zu genügen, und so hielten wir auch den zweiten Teil durch, der ja zur Belohnung von den Theaterleuten immer etwas kürzer gehalten ist als der erste. Um so schöner war die Premierenfeier, die wir allesamt gänzlich besoffen gegen vier Uhr früh verließen. Wir torkelten unter Absingen der Seeräuberballade in Richtung des uns angewiesenen Quartiers bei einem mit irgend jemandem von uns befreundeten Lehrer. Ich hatte plötzlich Hunger. Ich weiß nicht, ob du das kennst, wandte sich Glatze an mich, manchmal, wenn ich betrunken bin, kriege ich solchen Hunger, daß ich nichts mehr kenne, bis ich was gegessen habe. Nun krieg aber nachts um vier in Anklam mal was zu essen. Der Zufall jedoch hatte es gewollt, daß wir uns gerade vor dem HO befanden, und so gab es zwischen meinem Hunger und dem Essen nur noch ein einziges Hindernis, nämlich die Fensterscheibe. Ich schickte die anderen voraus und beobachtete für einige Minuten den festen und zufriedenen Schlaf der DDR-Bürger. Ein Pflasterstein hatte sich schon bereitgelegt. Irgendwo hatte ich mal gehört, man müsse kräftig werfen, also warf ich kräftig, und das Klirren der Scheibe war so laut, wie ich befürchtet hatte. Ich ging daher erst einmal auf Tauchstation in das Gebüsch gegenüber dem HO. Anklams Schlaf blieb die ganzen zwanzig Minuten, die ich dort wohl verharrte, fest und zufrieden. Der HO stand offen. Ich ging rasch zu dem Quartier, wo man sich schon zum Schlafengehen bereitete. Ich gab Order, stattdessen vielmehr den Tisch zu decken und nahm meinen Freund Gano mit, der mich beim Transport unterstützen sollte. Wir mußten, um gut einsteigen zu können, noch einiges Glas herausbrechen, was mit einem für unseren Zustand bemerkenswerten Geschick vor sich ging. Drinnen steuerte ich wie automatisch auf die Wursttheke, hing einen Armvoll der besten ungarischen Salami ab, ging ebenso traumwandlerisch weiter zum Kaffee, mit dem ich den verbliebenen Arm füllte. Gano fand ich bei den Spirituosen. Er betrachtete leise kichernd die Regale, und ich mußte ihn anhalten, nicht zu verweilen, sondern sich mit möglichst vielen Flaschen des von uns höchstgeschätzten kubanischen Rums zu belasten und mir zu folgen, was auch geschah. Das anschließende Tafeln war der reinste Genuß, der Höhepunkt des ganzen Ausflugs. Es gab sogar noch Zigarren, deren Herkunft ich jedoch nicht erfahren habe, es waren kubanische. Die Tafel wurde im Morgenlicht in dem allgemeinen Gefühl aufgehoben, daß nun auch wir fest und zufrieden schlafen würden. Dem war aber nicht so. Vielmehr hatte unser Gastgeber, aus Gründen, über die mich aufzuregen ich im Laufe der Jahre mit Rücksicht auf die Gesundheit mir abgewöhnt habe, die Volkspolizei verständigt, welche mich, kaum daß ich eingeschlafen war, weckte und mit auf die Wache nahm. Nun geht in der DDR das Verständnis für den Trunk bis hoch in die Behörden, und man ließ mich, was ich sehr anständig fand, zunächst mit meinem Rausch und einem Bett alleine. Als ich so einigermaßen ausgeschlafen war, bat man mich zum Verhör. Ich ließ mir ruhig die Beweisaufnahme erzählen. Ich selber konnte mich an nichts erinnern. Mir war aber klar, daß die Volkspolizei, wenn ich ihr nicht einen Finger geboten, unbedingt die ganze Hand genommen hätte, mich in voller Person unbestimmte

19

Zeit festzuhalten. Also machte ich ein Angebot. Herr Kommissar, ich erinnere mich an nichts, ich habe ihnen ja gesagt, wieviel ich getrunken habe gestern nacht, ich erinnere mich wirklich an nichts mehr. Aber ich muß zugeben, die ganze Sache sieht mir sehr ähnlich, denn erstens trinke ich gern Kaffee, zweitens esse ich gern Salami, und drittens ist der Rum, den Sie erwähnt haben, meine Lieblingsmarke. Also die Sache sieht nach mir aus. Der Kommissar ging erwartungsgemäß darauf ein und setzte mich auf freien Fuß.

Glatze hatte schon damit begonnen, das juristische Nachspiel des Abenteuers zu schildern, aber ich mußte ihn unterbrechen, da ich auf den Rasthof Osterfeld gefahren war und schon geparkt hatte, denn seine Erzählung hatte mir, in dieser Wirkung bestimmten Romanen gleich, Hunger und Durst gemacht. Die Raststätte war wieder einmal auf der anderen Seite, und auf dem Weg zum Tunnel gerieten wir in ein Streitgespräch, denn Glatze behauptete, das Wort Raststätte sei mittlerweile eine reine DDR-Vokabel geworden, während die Westdeutschen diese Bezeichnung nach vollbrachtem Wirtschaftswunder ausgemerzt hätten, um von mehr versprechenden Rasthöfen zu sprechen. Ich widersprach zu recht, wenn ich auch einräumen konnte, daß es bezeichnend wäre, wenn es so wäre.

Die Leute im Westen machen sich ja ganz falsche Vorstellungen über das Leben in der DDR, begann er im Tunnel eine Anekdote einzuflechten, bei welcher er mit einem Kumpel, was sein gebräuchlicher Ausdruck für Freund war, beim Trampen von der Volkspolizei festgenommen worden war. Einen ganzen Tag wurden sie dort ausgefragt, während auf ihre wiederholte Frage nach Speis und Trank von der Volkspolizei keine Antwort zu erhalten war. Schließlich nutzten sie einen Moment der Unaufmerksamkeit aus, um sich aus der Amtsstube zu entfernen. Die Gaststätte lag vis-à-vis, und sie begannen unverzüglich, Hunger und Durst zu stillen. Die beträchtliche Zeche aber konnten sie nicht begleichen, da ihnen das Geld ausgegangen war. Sie verwiesen also den Wirt an die Volkspolizei, welche, da leicht zu verständigen, alsbald zugegen war. Die Angelegenheit war den Beamten doppelt peinlich, da es galt, den Eindruck sowohl der schlechten Behandlung als auch den der vernachlässigten Aufsicht von Festgenommenen zu verwischen. So kam es, daß die Rechnung, wie Glatze es mit einer seiner Lieblingswendungen ausdrückte, »unter Ulk verbucht« wurde. Der Versuch allerdings, den sie dann, frech geworden, unternahmen, nämlich bei der Volkspolizei, die ihnen das Trampen untersagt hatte, den Ankauf von Zugfahrkarten zu erwirken, scheiterte.

Wir waren inzwischen vor die Mitropa-Speisegaststätte gelangt. Da es Essenszeit war, war nicht nur alles besetzt, es hatte sich schon die landesübliche Schlange gebildet. Wir, ungeschult im Warten, und Glatze, froh, dieser Schule entlaufen zu sein, nahmen nur die Gelegenheit wahr, die Blasen zu leeren, und trugen die hängenden Mägen den langen Weg zurück ins Auto. Beim Einsteigen stellte sich Glatze wie selbstverständlich bei der Beifahrertür an, was so vollständig wirkte, daß meine liebe Freundin ohne das geringste Anzeichen von Protest auf den Platz im Fond neben dem Engländer auswich.

Die Fahrt ging weiter durch das nächtliche Sachsen, und Glatze gab die Darstellung der gerichtlichen Folgen seines Anklamer Erlebnisses vom Beifahrersitz aus. Es war in gewisser Weise ein Verlust, da ich nun nicht mehr wie vorher im Rückspiegel in sein Gesicht schauen konnte, andererseits entsprach es der Situation, da ich der eigentliche Adressat seiner Rede war. Hinten war denn auch, nach einigen zaghaften Versuchen, halblaut eine englische Konversation aufzunehmen, Schweigen, aber dies Schweigen war keineswegs andächtig, sondern so wie man eben ein Geräusch erträgt, das man nicht abstellen kann.

Die Forderung, die der Staat an mich stellte, fuhr Glatze fort, belief sich alles in allem auf 2000 Mark. Nun bringt ein Leben, wie das, welches ich dort geführt habe, mit sich, daß man im Laufe der Zeit allerhand juristische Kenntnisse und, wie du sehen wirst, auch Fertigkeiten erwirbt. Da ich keine Luste hatte und, ehrlich gesagt, auch kein Geld, um die Summe zu begleichen, legte ich Einspruch ein. Das Kampfziel, als ich mit meiner Clique zur Hauptverhandlung nach Anklam fuhr, war, den Betrag auf die Hälfte zu drücken. Schließlich war ich offiziell ohne eigenes Einkommen, vielmehr als Hausmann über meine Frau versichert, um nicht unter den Asozialenparagraphen zu fallen. Wovon ich damals wirklich gelebt, und zwar sehr gut gelebt habe, werde ich dir noch erzählen. Unser Zug hatte, wie es bei der Reichsbahn schon so vorkommt, eine erhebliche Verspätung. Der Ort des anderthalbstündigen Aufenthalts war Prenzlau. Wir telefonierten von dort mit dem Gericht in Anklam, ob unser Erscheinen unter den gegebenen Umständen noch sinnvoll sei. Es hieß, wir sollten in jedem Falle kommen, man würde eben den Prozeß bis zu unserem Eintreffen hinausschieben. Also begaben wir uns in die Mitropa, um dort die Ankunft unseres Zuges abzuwarten. Das hatte nun zwangsläufig eine erhebliche Alkoholisierung zur Folge. Im Gerichtssaal angekommen, war ich, wie man so sagt, richtig in Fahrt.

Ich hatte mir meine Verteidigung einigermaßen zurechtgelegt. Durch die gehobene Stimmung und das wohlgesinnte Publikum, das nun aus sechs meiner besten Kumpel in ebenso gehobener Stimmung bestand, was ich in meiner Vorbereitung nicht berechnet hatte, und besonders durch den günstigen Zufall, in dem Richter eine Person von Format zu finden, wovon gleichfalls nicht auszugehen war, geriet meine Verteidigung zu einer Darbietung, wie man sie zu Anklam im Theater eben nicht antreffen kann. Ich verfiel wie von selbst auf einen im Grunde blödsinnigen Hollywoodtrick, nämlich darauf, den Richter mit »Euer Ehren«, gelegentlich auch »Hochwürden«, anzureden. Erstaunlicherweise tat das eine doppelt ausgezeichnete Wirkung. Erstens sorgte es für eine zusätzliche Erheiterung auf der Zuschauerbank, zweitens schaffte es ein eitles Wohlwollen bei dem Herrn auf dem Richterstuhle, möglicherweise aufgrund einer latenten Amerikanisierungsphantasie in Elementen des DDR-Justizapparates. Ich rede ohnehin gerne, besonders gerne in eigener Sache, noch viel lieber zur eigenen Person, und ganz besonders gerne, wenn ich getrunken habe. Du kannst dir vorstellen, mein Lieber, daß ich bei dieser Gelegenheit, noch dazu, wo es um etwas ging, um die Gerechtigkeit nämlich, förmlich das Blaue vom Himmel heruntergeredet habe. Aus Anlaß der Befragung zu meinen persönlichen ökonomischen Umständen hielt ich beispielsweise ein ausführliches Referat zur Frauenfrage und zum Stand der Errungenschaften der sexuellen Emanzipation in der Deutschen Demokratischen Republik. Unter meinen stilvollen Erörterungen fiel mir auf, daß letztlich alles eine Frage der Darstellung ist. Vielleicht war das auch nur eine Schnapsidee, jedenfalls flößte sie mir genau den Mut ein, der hier vonnöten war. Gano hatte mir einmal von Musils »Mann ohne Eigenschaften« erzählt, ich selber habe das Buch nie gelesen, du weißt, wie schwer manche Bücher in der DDR zu haben sind, außerdem soll es fürchterlich dick sein, jedenfalls erinnerte ich mich daran, daß dort von einem Möglichkeitssinn die Rede sein soll, der mit dem Realitätssinn mindestens konkurrieren kann. Ich war schon dabei, auf dieser geheimen Einsicht mein Schlußplädoyer aufzubauen, als der Richter versuchte, bei meinem Schwager Wippo auf der Zuschauerbank durch die Androhung einer Ordnungsstrafe Eindruck zu machen. Dasselbe hatte er bei mir auch schon versucht, indem er mir 50 Mark für ungebührliches Benehmen vor Gericht aufbrummte. »Halt! Einspruch, Euer Ehren«, hatte ich gekontert, »ich habe nicht so viele Fünfzigmarkscheine einstecken, und wenn wir so weitermachen, dann kommen wir nicht weit.« Darauf bezog sich jetzt Wippo, der den Angriff bravourös mit den Worten parierte: »Ich kann verstehen, wenn Ihnen mein Grinsen mißfällt. Sie können aber jederzeit woanders hinschauen als in mein Gesicht, der Saal hier ist groß genug. Außerdem ist mir kein Gesetz unseres Staates bekannt, welches das Grinsen verbieten würde. Und überhaupt habe ich im Gegensatz zu dem Angeklagten noch allerhand Fünfzigmarkscheine einstecken.« Wippo konnte ebenso kostenlos weitergrinsen, wie ich mich ungebührlich benehmen. Mein Schlußplädoyer bestand daraus, daß ich verschiedene Möglichkeiten anbot, was sich in jener Nacht in Anklam zugetragen haben könnte. Die erste Version war die, die ich hier erzählt habe und die der Wirklichkeit entspricht, oder nach der Theorie, die ich gerade explizierte, entsprechen könnte, ebensosehr wie die zweite Version, der entsprechend wir die Scheibe bereits geöffnet angetroffen hatten und der Versuchung der unverhofften Selbstbedienung nicht widerstehen konnten. Alles basierte freilich auf meiner Behauptung, daß der Alkohol mir in jener Nacht die Erinnerung geraubt habe. Dergleichen ist allerdings auch schon derartig häufig bei mir eingetreten, daß ich kaum Schwierigkeiten hatte, selbst an meine Hauptlüge zu glauben, ja sie dem Richter unbedingt glaubhaft machen konnte. Die dritte Version war, daß wir am HO vorbeikamen, just als der Diebstahl von zwei jungen Männern vollbracht war, denn so was macht man normalerweise zu zweit, was ich dachte ohne zu sagen, wir versuchten die Täter zu stellen, die in panischer Flucht ihre Beute fallenließen, die wir sicherstellten, um sie am nächsten Tag den zuständigen Organen der Volkspolizei zu übergeben. Ich wollte gerade mit der vierten Version beginnen und den Sprung ins Absurde wagen, als mich der Richter unterbrach und verkündete, das Gericht ziehe sich zur Beratung zurück.

Ungefähr an dieser Stelle von Glatzes Erzählung hatten wir die nächste Raststätte, Köckern, erreicht. Die Speisegaststätte lag schwach erleuchtet im Dunkel der Parkbucht. Daß der Eingang nicht erleuchtet war, stellte sich bei der Besichtigung aus der Nähe als Indiz dafür heraus, daß zwar drinnen noch aufgegessen, aber nicht mehr hineingegangen werden durfte. Wir wollten uns nicht so zufrieden geben, gingen um die Lokalität herum, und tatsächlich fand sich von hinten die Tür zur Küche offen.

Es hieß nun, Delikatesse zu beweisen und den richtigen Ton im Umgang mit dem DDR-Restaurationsproletariat zu finden, den der noch so geübte Westgast mit Sicherheit verfehlt. So überließ ich diese Aufgabe Glatze. Er fand auch tatsächlich die süßelnden Worte, um die alte sächsische Autobahnköchin von der notwendigen Stillung unseres Hungers zu überzeugen, allerdings ging die Macht seines Wortes nicht soweit, daß davon der Herd wieder in Betrieb genommen worden wäre. Stattdessen war die Rede von Schinkenbrötchen. Wir hatten aber großen Hunger und ließen uns mit der Versicherung der Köchin, daß am Hermsdorfer Kreuz rund um die Uhr warme Küche herrsche, abermals vertrösten, trotteten abermals zurück zum Auto und fuhren abermals hungrig weiter, woran auch die Verspeisung einer Tafel Schokolade, die der Engländer aus seinem Gepäck zauberte, nichts änderte.

Das Urteil des Gerichts lautete, und ich glaubte, meinen Ohren nicht zu trauen, auf Freispruch mangels Beweisen. Eine echte Seltenheit in der Justizgeschichte der DDR und eine schwere Rüge an die zuständigen Organe der Volkspolizei. Für uns ein unbeschreiblicher Triumph, eine offzielle Existenzberechtigung des Nonkonformismus, was mit Sekt bis zum Umfallen abends im WC, dem Wiener Café auf der Schönhauser Allee, gefeiert wurde.

In den Sog dieser Erzählung waren noch einige weitere gefallen, die ich hier auslasse. Wir hatten nur unter dem unentwegten Erzählen, ganz ohne darauf zu merken, das Hermsdorfer Kreuz passiert. Als wir das mit endgültiger Sicherheit festgestellt hatten, kehrte sich die Lust des Zuhörens bei mir ins Gegenteil, denn das Erzählen hatte nicht mehr die Funktion, die Zeit des Wartens zu verkürzen, es war jetzt vielmehr für eine fürchterliche Verlängerung der Wartezeit verantwortlich. So wollte kein rechtes Gespräch mehr aufkommen, bis wir Niemeck erreichten. Dort hatte ich schon auf der Hinfahrt ein Frühstück eingenommen, wofür ich den ganzen Tag zu büßen hatte. Ich hatte nämlich einen Eiersalat bestellt in der Annahme, es sei dabei nicht allzuviel verkehrt zu machen, worin ich mich aber gründlich irrte. Die Soße, in der sich die Eierreste befanden, schmeckte derartig nach Persil und Essig, daß sich eine genauere Beschreibung versagt. Mein Magen war nicht besser darauf eingestellt als meine Zunge, und so führte er mir alle Viertelstunde durch Kontraktionen den Geschmack wieder herauf, so daß alle Gerüche des Tages von dem Dunst dieser absonderlichen Speise durchtränkt waren. Allerdings geschieht diese Subsumierung aller Gerüche des Tages unter den einen beherrschenden bisweilen auch auf eine angenehme Art, dann nämlich, wenn der beherrschende Geruch sein Regiment nicht wie hier der Ekelhaftigkeit, sondern seiner Köstlichkeit verdankt. Das war mir bei meinem Aufenthalt in Stuttgart, der zwischen diesen Besuchen der Mitropa von Niemeck lag, widerfahren. Dort war es der Geruch reifer Süße, den ich mir am Morgen aus dem Schoß meiner Geliebten geholt hatte, durch den alle Gerüche meiner Promenaden gefiltert und geadelt wurden.

Wir mußten wieder die Seite wechseln, diesmal über die Autobahnbrücke. Es handelt sich dort um eine Nichtrauchergaststätte, eine Sache, welche ebenso häßlich ist wie das Wort, das sie beschreibt. Die hauptsächliche Folge des Rauchverbots ist, daß sich die Fliegen dort wohler fühlen als die Menschen und dementsprechend stärker vertreten sind. Und wer das gemeinsame Speisen mit Fliegen nicht gewohnt ist, hat Schwierigkeiten, unter den unwillkürlichen Zuckungen, mit denen unser Körper gleich Kühen oder Pferden das lästige Insekt zu vertreiben sucht, einen Bissen zum Munde zu führen. Aufgrund der fortgeschrittenen Uhrzeit war die Speisekarte derartig eingeschränkt, daß überhaupt nur ein als kalter Braten annonciertes Gericht zu bestellen war. Das spülten wir mit Kaffee hinunter, und ich bewunderte besonders den Engländer, der seine Portion verspeiste, ohne eine Miene zu verziehen. Mir kam für einen Augenblick der Gedanke, es könne sich bei der bekanntermaßen schlechten Küche auf den britischen Inseln um ein spartanisches Mittel der Volkserziehung handeln. Immerhin waren wir satt, als unser Automobil wieder den Transitkurs nach West-Berlin aufgenommen hatte. Es blieb aber der Durst, genauer gesagt das, was Alkoholisten als Durst zu bezeichnen pflegen. Hier bestand nun aber die gesicherte Aussicht auf Befriedigung des ganzen Bedürfnisses, denn ich sah schon mit einem geistigen Auge in der Ferne die leuchtenden Neonreklamen der stets offenen Kneipen im Berliner Westen. Glatze schien etwas ganz ähnliches zu empfinden, und die Suggestion war so stark, als ob davon der Wagen schneller, wie bergab liefe. Einmal noch wäre diese beschleunigte Talfahrt um ein Haar gestoppt worden, wurden wir doch an der Staatsgrenze nach West-Berlin durch Glatzes vorlaute Art aufgehalten. Da er durch eine Kombination, die ich nicht erriet, veranlaßt war, einen Soldaten der Grenztruppen für den Letztverantwortlichen der DDR-Küche herzunehmen und sich bei ihm über den »saumäßigen Fraß« in der Mitropa zu beschweren, durften wir aus der Reihe fahren und ein hübsches Weilchen auf die Aushändigung unserer Reisedokumente warten. Zur Einfahrt auf die Avus, die dadurch, daß vor ihr die DDR so liegt wie die Nacht vor den Sternen, immer etwas sonderbar Feierliches hat, ich möchte sagen, eine amerikanische Art von Feierlichkeit, versetzte ich Glatze wieder auf die Rückbank und bat meine Freundin neben mich, daß sie sich am erleuchteten Kudamm ergötzen möge. Glatze, den wir mit dem Engländer, den er bei sich einzuquartieren gedachte, absetzen wollten, lud uns auf einen kleinen Trunk, es war anfangs gar von Tee die Rede gewesen, in seine Wohnung. Dann saßen wir am Küchentisch, wo uns seine aufgeweckte Frau im Morgenmantel mit Wein versorgte. Es handelte sich bei ihr um eine ausgesprochene DDR-Schönheit, um jene Mischung aus natürlicher Schönheit und weiblichem Selbstbewußtsein, die jene Anmut verleiht, nach der unsere jungen Frauen in den feministischen Artikeln so vergeblich suchen. Die pausigen Backen, die runden hellgrünen Augen, die hellen, aber breiten und vollen Lippen gaben ihrem Gesicht einen herzigen wie stolzen Ausdruck, den das kurze blonde Haar sehr zierlich schmückte.

Wir hatten kaum erst eine Flasche geleert, schon fand sich die Stimmung gehoben, als ob nicht nur der Hunger der beste Koch, sondern auch der Durst der beste Alkoholisator wäre. Glatze holte – ein für entsprechende westliche Kreise sehr ungewöhnliches Verhalten – einen Brief von Schlitzer, dessen Name schon in dem einen und anderen Abenteuer vorgekommen war, hervor. Der Name war hier an eine Person geraten, die ihr Leben darauf zu verwenden schien, ihm zu entsprechen. Es handelte sich um einen Don Giovanni im Kostüm des DDR-Bürgers mit echtem Register, wie ich später erfuhr. Allerdings waren auch Züge von Jack the Ripper nicht zu verkennen, wie man schon aus den Zeichnungen sah, mit welchen der Brief übersät war und die von Glatze mit einem Wort ihres Urhebers als »Ficknetten« bezeichnet wurden. Der Brief, den Glatze alsbald vorzulesen begann, war aber alles andere als eine gewöhnliche Sauerei. Er war vielmehr von einem sehr hohen Stil, wie man ihn vielleicht noch bei Rabelais oder Tillier findet, und ich würde mich mit Sicherheit blamieren, wenn ich mit meinen bescheidenen Mitteln versuchen wollte, den Ton von Schlitzers Schreiben zu treffen. Die Szene, die dort beschrieben wurde, hatte wieder einmal das WC zum Schauplatz, dessen Vertrautheit vielleicht dem Autor erleichtert hat, die einzigartige Synchronität von Ereignissen samt ihrer alkoholdurchtränkten Wahrnehmung in einem Tableau zu fassen, dessen spritzige Kolorierung und souveräne Strichführung mich schlicht vom Hocker holten. Man sah die Ärsche, die dort erwähnt wurden, förmlich vor sich wackeln und war schon in Sorge, ob davon nicht die Gläser vom Tisch fallen möchten. Nicht ohne unangenehme Berührung bemerkte ich, wie meine Freundin, die zudem noch fast nüchtern war, statt von der Obszönität abgestoßen zu sein, mit sichtlichem Wohlwollen lauschte, was Glatze von dem sich durch das in Sommerkleidern dargebotene Weiberfleisch der Hauptstadt wühlenden Schlitzer vorzulesen hatte. Kurz und gut, wir waren nicht nur willig, wir waren gespannt, diesen Menschen kennenzulernen und ihn sobald als möglich in seiner Wohnung am Prenzlauer Berg aufzusuchen. (Das war jedoch nur das Resultat des

Abends, mit dem ich ihn etwas beschönigend zu Ende bringe. In Wirklichkeit endete er mit einem Zug durch die Kreuzberger Kneipen in einem Besäufnis von sehr fraglichem Sinn, das ich aber erwähnen muß, um meiner Freundin und dem Engländer Gerechtigkeit widerfahren zu lassen. Meiner Freundin, weil sie uns auf diesem Zug begleitete, ohne auch nur mit einem Ausdruck des Gesichts die Männersitten, denen wir frönten, zu bemekkern, woraufhin ich sie wirklich zu lieben anfing; dem Engländer, weil er bei etwa zwei Promille den Mund zu öffnen begann. »Jetzt wird er locker«, sagte Glatze, der als der Jugendmeister im Boxen sprach, der er in der DDR gewesen war.)

Dank Glatze, der unter Aufbietung verwegenster Nachrichtenkanäle jenseits der Mauer für uns eine Verabredung getroffen hatte, standen wir schon am übernächsten Morgen an der altbekannten Stelle, wo die Prinzenstraße Heinrich-Heine-Straße zu heißen beginnt, welche Namen beide gleich schlecht zu dem beiderseits schändlichen Monument deutscher Menschenverachtungsarchitektur der 60er Jahre passen. Die dicke Frau vom Zoll schob sich wie beim letzten Mal, als ich die Grenze passierte, gerade noch einen Happen in den Mund und kam dann schmatzend herbei, diesmal um mit geradezu lesbisch anmutender Neugier in der Handtasche meiner Freundin zu schnüffeln.

Da wir mit Genuß von alkoholischen Getränken rechnen mußten, und ich meiner Freundin, die zum ersten Mal einen Tag in der DDR verbringen sollte, keineswegs zumuten wollte, dies nüchtern zu tun, hatten wir auf das Automobil verzichtet. Als wir jetzt zu Fuß den Weg die Heinrich-Heine-Straße hinauf zur Janowitzbrücke gingen, beobachtete ich sie mit Spannung, um in ihrem Gesicht lesend den Eindruck, den mir Häuser, Pflaster und Läden gemacht hatten, da ich sie zum ersten Mal gesehen, wiederzufinden. Ich fand dergleichen nicht, nur empfand ich Traurigkeit bei der wehmütigen Einsicht, daß wir alle Dinge im Leben nur einmal erblicken, dann nämlich, wenn sie uns neu sind. Ich mußte an mich halten, meine Freundin mit meiner Traurigkeit, die wie Traurigkeit meist einem reinen Wissen entsprang, nicht anzustecken, denn ich konnte mir nun auch von ihr sagen, daß ich sie nie wieder so sehen würde, wie ich sie zum ersten Mal erblickt habe. Da ich nun einmal auf einer falschen Fährte war, beschloß ich, davon abzulassen und vielmehr in dem bekannten Ensemble neue Details zu entdecken, ganz so, wie große Schriftsteller, die einmal den Entwurf der Welt durchschaut haben, sich nicht der Langeweile hingeben, sondern sich die Kunst des Erstaunens behalten, indem sie ihre Aufmerksamkeit seltenen Blumen, absonderlichen Menschen und vergessenen Zeiten widmen. Der Vollständigkeit halber muß ich sagen, daß noch einmal alle Empfindungen, die die Janowitzbrücke mir bei meinem ersten Besuch bereitet hatte, in mir aufstiegen, als ich den Film einer Freundin sah, in dem Impressionen oberhalb und unterhalb der Erde auf der U-Bahn-Linie 8 gegeneinander geschnitten waren. Diese verblüffende Wirkung gehört zu den Geheimnissen der schädlichen Einrichtung des Kinos, welche zu beleuchten hier jedoch nicht der Ort ist.

Nicht sofort hatten wir unser Haus auf der Schönhauser Allee gefunden, da wir uns von der Numerierung, in der recht eigentümliche Prinzipien zur Anwendung gekommen sein müssen, zunächst hatten verwirren lassen.

Tatsächlich fanden wir die Tür, von der uns der Name Schlitzer entgegensah. Schlitzers Erscheinung widersprach völlig derjenigen, die sich in unserer Vorstellung von ihm gebildet hatte. Waren wir gefaßt, einen kraftstrotzenden Sportler anzutreffen, so fanden wir einen zwar langaufgeschossenen, aber schmächtigen, schmalschultrigen Mann, dessen südländisch wirkendes Gesicht unter dem pechschwarzen Haar und dem kräftigen Bart nur die kräftige Nase und ein paar müde und warm glänzende braune Augen sehen ließ. Er lenkte uns mit sehr zurückhaltender Freundlichkeit durch die in der Küche herumstehenden Fahrräder über einen Flur in die gute Stube, wo ich gleich das Hochbett von einer der Ficknetten wiedererkannte. Die in der DDR so hochkultivierte Improvisationskunst beim Einrichten hatte darunter eine gemütlich einladende Sitzgruppe geschaffen, an der noch das Tablett mit dem Kaffee stand. Das Auffallendste an Schlitzer, was schon jetzt, nach wenigen Sekunden der Bekanntschaft für mich seine Person ausmachte, war jene Verhaltenheit in seinen Bewegungen, mit der er stets und immer Müdigkeit vorschützte, was ihm etwas zugleich ungeschickt Hausmeisterliches und gefährlich Katzenhaftes gab. Er machte sich, einer weisen Sitte der Gastfreundschaft folgend, nach der man den Gast die Wohnung, in die er getreten ist, zunächst in Abwesenheit des Gastgebers wahrnehmen läßt, daran, frischen Kaffee zu bereiten. Wir unterhielten uns derweil mit seinem Freund Paul, der bequem und tief in seinem Sessel mehr lag als saß und in sächsischem Tonfall mit uns Gemeinplätze tauschte. Das einplätschernde Gespräch, das bald von mir zu Paul, von Paul zu meiner Freundin, von ihr zu Schlitzer und so fort ging, wie man im gemischten

33

Doppel sich einzuspielen pflegt, machte, sobald man aufgewärmt war, einem eingehenden Verhör Platz, das von Schlitzer und mir zunächst gewissermaßen in der Funktion von Delegationsleitern, bald aber recht eigentlich im Interesse der Person geführt wurde. Die erste Abteilung bestand, wie in solchen Fällen üblich, wo man mit einem die Bekanntschaft übersteigenden Interesse den Partner einer ausführlichen Untersuchung unterzieht, in dem langwierigen Abfragen der Namenslisten, mit deren Hilfe wir die Landschaften unseres Geistes kartographiert haben. Es wäre Schlitzer an diesem Punkt übrigens wahrscheinlich ebenso schwer gefallen wie mir, zu bestimmen, worin nun dies besondere Interesse bestanden hätte. Es war nämlich durch und durch, wenn man so will, künstlich, nämlich von Glatze erzeugt, der uns nach der Art von Shakespeares Toby Belch unter unseren Augen, doch ohne uns davon etwas merken zu lassen, gegenseitig Respekt eingeflößt hatte. Man versteht nun, warum ich der Vorstellung unseres Vorstellers so viel Raum gegeben habe.

Die erste Kolonne von Namen, die wir vorüberziehen ließen – man hätte unter einem anderen Blickwinkel von zwei Kolonnen sprechen können, welche gegeneinander aufmarschierten –, betraf Namen aus der Welt des Theaters. Das war zwangsläufig, da Schlitzer dem Beruf des Bühnenbildners nachging, wenngleich sein luxuriös zu nennender Lebensstil aus einer anderen Beschäftigung gespeist wurde, und ich zu der Zeit noch selbst hin und wieder am Theater arbeitete. Die so ins Wohnzimmer übertragene Kantinensituation unterschied sich aber nicht wesentlich von der Foyersituation, welche Laien im ähnlichen Fall in ihre gute Stube holen. Das Theater spielt dann wirklich die Rolle, die ihm gebührt. Es führt die Menschen zusammen und ermöglicht ihnen, über das Geschmacksurteil Stellung aufeinander zu beziehen. In seltenen Fällen legt es gar die Gesinnung offen, die keineswegs so unbedingt im Geschmacksurteil enthalten ist, wie es die Kunstgeister zu behaupten pflegen.

Die ganze Szene hatte etwas im Grunde Possierliches, was aber nicht an die Oberfläche trat. Denn Schlitzer äußerte sich über das westdeutsche Theatergeschehen mit derselben Selbstverständlichkeit wie über das seiner Heimatrepublik. Und er hatte den Eisernen Vorhang in seinem Leben leibhaftig nicht durchschritten. Es wäre mir aber nicht eingefallen, ihn darauf zu verhöhnen, nicht einmal aus irgendeiner Art von rücksichtsvollem Takt, sondern vielmehr, weil die Sicherheit seines Urteils die Frage nach der Quelle seiner Information gar nicht erst aufkommen ließ. Ja, er verblüffte mich wie ein Pokerspieler, der mit einer Selbstverständlichkeit, der sich nicht widersprechen läßt, das fünfte As auf den Tisch legt, als er, nachdem er unter zustimmendem Nicken von meiner Seite den gesamten westdeutschen Theaterbetrieb für obsolet erklärt hatte, auf eine mir völlig unbekannte Truppe aus der bayrischen Provinz zu sprechen kam, die er in der DDR bei einem Gastspiel gesehen hatte und die als einzige Ausnahme etwas von seinen Begriffen verkörperte.

Schlitzer ging zur Malerei über. Hier war er nun einsam in seinem Fach, und ich mußte auf fast alle Namen, die er nannte, passen, selbst bei einigen DDR-Malern, die im Westen Ruhm und Devisen erlangt haben. Diese Runde ging also schnell zu Ende, und wir kamen überein, für das erste einmal zum Essen zu gehen. Auf dem Weg zu dem Lokal, das wenige Schritte von Schlitzers

Wohnung entfernt lag, wollte er von mir das Eingeständnis meines technischen K.o., und ich mußte im Interesse der Aufrechterhaltung einer möglichen freund-
schaftlichen Beziehung einen Tiefschlag landen. Ich erklärte mein Desinteresse für die zeitgenössische bildende
Kunst schlichtweg für berechtigt und verrechnete es mit
dem von ihm dummerweise eingestandenen Desinteresse für Gegenwartsliteratur, mit der ich mich aus profes-
sionellen Gründen abzugeben habe, die ihn abzufragen
mir aber nie einfallen würde.

Das Lokal war eine große dunkle Berliner Buttike, ein
Fossil aus ganzdeutschen Zeiten, wie sich dergleichen im
Westteil der Stadt nur als Tankstelle der äußerst deklas-
sierten Alkoholisten im Wedding und in Kreuzberg hie
und da hat erhalten können. Hier aber war es ein volle-
bendiges Organ des sozialen Körpers, das um diese frühe
Nachmittagsstunde bestens besucht war. Wir fanden nur
mit Mühe und durch Unterstützung des Kellners einen
Tisch im Hinterraum. Auf der von den Jahren mit einer
dicken Schicht von Rauch und Schmier überzogenen Ta-
pete hingen Reproduktionen holländischer Meister, von
derselben Patina verziert. Ich saß an der Wand und konnte an ihr entlang tief in den Gang hineinsehen, von welchem die Wirtschaftsräume abgingen. Das aus den verschiedenen Türen auf den Gang fallende Licht und der
Blick durch die offene Tür eines Vorratsraums am Ende
des Ganges gaben ein ganz ähnliches Versprechen von
Unendlichkeit wie auf der Reproduktion, die mir vis-à-
vis hing, wo der Amsterdamer Maler seine perspektivi-
schen Spiele mit den Durchblicken in verschachtelte
Höfe und Stuben trieb. Die Farbigkeit der beiden Ansich-
ten aber stach völlig voneinander ab. Die ganz unvertönte

Grelle der Palette aus Schkoppau, die originale Farbenwelt, mit der allein schon die nationale Identität der DDR bewiesen ist, habe ich leider nie auf Gemälden wiederfinden können.

Das Essen kam, und es war hier, wo kein westlicher Tourist je auf die Idee gekommen wäre einzufallen, wirklich so gut, daß nichts zu meckern blieb. Jetzt erst, als ich beim Essen meine Blicke etwas in der Runde schweifen ließ, bemerkte ich, wie viele der Gäste um diese vergleichsweise frühe Tageszeit schon beträchtlich betrunken waren. Als ich weiter die Zeichnung der Gesichter studierte, fiel mir auf, wie tief der Alkohol hier bei manchen seinen Strich gezogen hatte. Besonders eine alte Frau schien ihr Leben so vollständig dem Beisammensein mit dem feuchten Teufel gewidmet zu haben, daß er schon fast mit dem eigenen Gesicht aus dem ihren herausschaute. Die Nachbestellung von Bier machte gewisse Schwierigkeiten, und ich, daran anschließend, hatte einige allgemeine Bemerkungen zum Thema der Bedienung in der sozialistischen Volkswirtschaft zu machen. Stöhnend stimmte Schlitzer mir zu, daß die Bedienung hier in Wahrheit zur Herrschaft geworden sei und nurmehr die Gäste, die ehedem einmal Könige gewesen seien, mit Unbill überziehe. Er hätte für seinen Teil vorgezogen, in Lokalen zu verkehren, wo eine Auswahl des Publikums stattgefunden habe und wo anständig bedient werde. In die gemischten Gefühle, welche diese aristokratischen Worte bei mir auslösten, mischte sich noch die heimliche Feststellung, die ich traf, nämlich, daß solche Lokale in der DDR zweifellos existieren, daß aber die von Schlitzer ersehnte Auswahl des Publikums dasjenige ist, was ihm dort den Zutritt verwehrt.

Da der Nachmittag sich dem Abend näherte und unsere Mahlzeit uns ausreichend gestärkt hatte, machten wir uns auf zum Wiener Café. Während des Spaziergangs, den wir durch den Prenzlauer Berg zu unternehmen hatten, unterhielt ich mich mit Schlitzer über unseren Vermittler und einzigen unabhängigen Bekannten Glatze. Ich war innerlich sehr zufrieden zu hören, daß Schlitzer dessen Ausreise als einen höchst zweifelhaften Fortschritt beurteilte, und versuchte soviel Öl als möglich auf dieses Flämmchen zu gießen. Ich malte dessen Zustand in den dubiosesten Farben, die mir zu Gebote standen. Als wir im Wiener Café angelangt waren, mußte ich als erstes nach den Toiletten fragen. Schlitzer antwortete: »Sechskommaachtundzwanzig.« Ich verstand den Witz nicht, und während meine Blase auf Entleerung drang, wollte es mein Stolz nicht zulassen, diesen Witz unverstanden im Raume zu lassen. Da ich aber nicht dahinterkommen wollte, baute Schlitzer mir eine Eselsbrücke und riet mir 6,28 durch 2 zu teilen, also konnte ich $\pi\pi$ machen gehen. Ich hatte aber, so sehr von meinem Urinspiegel bedrängt, wie es mir bei meinen Besuchen in Ost-Berlin für ein oder zwei Stunden immer geschah, weil nie ein Ort zu finden war, an dem man auf diese Weise hätte menschlich sein können, verpaßt, meine Freundin zu beobachten, auf deren ersten Eindruck vom Wiener Café ich mit soviel Spannung vorausgeschaut hatte. Ich war fest davon überzeugt, daß er zu den herbesten Enttäuschungen ihres Lebens gehören sollte, und hatte selbst den guten Teil zu der Vorbereitung dieses Erlebnisses geleistet. Dem naiven Betrachter mag das sadistisch erscheinen, ich handelte aus Liebe und war damit, wo nicht vor der Welt, so doch vor meiner Geliebten gerecht. Das, was Isabel vom WC gehört hatte, hatte bei ihr an der Vorstellung von etwas Großartigem gewebt. Durchaus unsicher war dabei die bestimmte Art der Großartigkeit; das hinderte die Vorstellung aber nicht, bei ihrer Arbeit ins Detail zu gehen.

Bei dieser Detailarbeit wirkten aber zwei Kräfte gegeneinander. Die eine bezog sich aus dem, was ihr die westliche Bewußtseinsindustrie seit je von der DDR vorgegaukelt hatte, die andere aus dem, was ich ihr, teils in polemischer Hinsicht auf den Antikommunismus, einzubilden versuchte. Da ich dabei eine Schwäche für die Mode, die bei ihr nicht schwer festzustellen war, da sie wie fast alle Frauen hiermit ihre Weiblichkeit darbot, auszunutzen bemüht war, war die Folge, daß ihr von meiner Seite die DDR wie ein Museum der im New Wave gefeierten und so vom eigentümlichen Geflüster der Mode beschworenen Wirtschaftswunderkultur der 50er vorschweben mußte. Sie war also durchaus eingestellt, die Schäbigkeit, die man zuerst feststellen würde, zu durchdringen, um darin den letzten Schrei der Mode zu vernehmen. Als sie nun das WC in seiner ganzen Schäbigkeit erblickte, mußte sie sehr enttäuscht sein, denn die Schäbigkeit war hier so gründlich, daß sie keineswegs zu durchdringen war. Immerhin hatte das kontrastierende Arbeiten, erst der einander widersprechenden Informationen, die sich durch Lautstärke auf der einen, Eindringlichkeit auf der anderen Seite die Waage hielten, dann das der daraus resultierenden Vorstellung, der nun wieder die angetroffene Wirklichkeit restlos widersprach, in ihr jene Stille erzeugt, bei der die Wahrnehmung ihre Tätigkeit aufnimmt. Nichts von den Merkmalen der Lasterhöhle, die sie erwartet hatte, war vorzufinden, keine Bierlachen auf dem Fußboden, keine Tequilafässer, kein todesahnender Blick einer dick geschminkten Hure. Ein Kaffeehaus vielmehr, nicht vom Stile der Wiener Bohème, nicht von Prager Décadence, noch von holländischer Gemütlichkeit oder von englischer Gelassenheit, sondern von ostdeutscher Geschmacksverlassenheit, etwa in der Art der Konditorei Weiler auf dem Marktplatz in Schorndorf, aber so, als hätte diese Konditorei seit 15 Jahren unter Investitionsstopp gestanden. Soweit der Vergleich, der nun, ohnehin hinkend, ins Wanken geriet. Denn nun taten sich die Unterschiede auf, die meine Geliebte in dieser Schwebe des Urteils, in die zu versetzen ich ihr meinen kleinen Trick zugemutet hatte, so offen aufnahm, wie es für ein Kind mehr von Coca-Cola als von Marx nur möglich ist. Der Unterschied bestand zunächst einmal darin, daß Wein bestellt wurde, und zwar flaschenweise. Es mag wohl vorgekommen sein, daß wir hin und wieder Wein flaschenweise bestellt haben, so wie ich zum Beispiel oft Flaschen Wein bestellt habe, wenn ich Frauen zum Essen einlud, um damit meine Freigebigkeit zur Schau zu stellen, aber nie bestellte jeder für sich eine Flasche Wein, so wie man eine Flasche Bier bestellt, wo es nicht vom Faß zu haben ist. Ich tat nun aber dergleichen, wobei ich zu der Flasche Wein mir noch Wodka, Kaffee und Torte bringen ließ, um den schon verspäteten Nachtisch nicht vollends ausfallen zu lassen.

Schlitzer machte mich aufmerksam, daß am Nachbartisch allein mit einem Glas vor einer Flasche Wein Glatzes Bruder saß. Ich grüßte ihn ohne Auftrag, was ich später bereuen sollte, von seinem Bruder im Westen. Ich bereute es schon unmittelbar ein wenig, denn er schien von dieser Aufmerksamkeit seines Bruders nicht im geringsten überzeugt und murrte, statt zu danken, nur etwas Unverständliches in die Richtung seiner Weinflasche. Ich gab der Sache nicht weiter nach, denn Schlitzer hatte den Namen Prousts in unsere Konversation blitzen lassen. Ich wollte meiner Begeisterung für diesen Schriftsteller Ausdruck geben und hob mein Glas, um mit Schlitzer auf den Impressionismus anzustoßen. Das führte in Sekundenschnelle zu einem Temperatursturz in unseren frisch geknüpften und vorsichtig erwärmten Beziehungen. »Quatsch«, hatte Schlitzer zu meiner Prädikation, die er wohl als Klassifizierung aufgefaßt haben muß, gesagt. Keine Buchstabenkombination hätte mich aber ernster verletzen können als diese, die mir einen Schmerz in der Brust verursacht, selbst wenn sie aus dem dümmsten Munde kommt. Wie erst aus diesem klugen und gelehrten! Mein Versuch, das vermutete Mißverständnis aufzuklären, verstärkte nur die Brusquerie, da Schlitzer vermutete, ich suchte meine Unwissenheit unter logischen Spitzfindigkeiten, deren Fährte er in seinem angetrunkenen Kopf nicht zu verfolgen gedachte, zu verstecken.

Ich war mir durchaus wohl bewußt, daß es eine Verletzung des Common sense ist, Proust einen Impressionisten zu nennen, und doch ist mir, auch ohne lange Interpretationen auf der Rolle, welche die Figur des Malers Elstir in Prousts Roman spielt, aufzubauen, die Welt Swanns, die Welt der Guermantes immer als die Welt Degas', Pissarros und Monets erschienen. Es gab keinen Weg, die Verstimmung aufzulösen. Wir tranken unsere Flaschen aus. Ich warf, um abzulenken, aber doch beim Thema zu bleiben, die Frage in die Runde, ob man Proust in der DDR überhaupt lesen könne. Man bestä-

tigte kopfnickend, daß Proust ein durchaus gelesener
Autor in der DDR sei, wenn auch nicht gerade beständi-
ges Tagesgespräch. Durch diese Auskunft, mit der meine
Frage beantwortet zu sein schien, war aber die kleine
Spitze, die ich der Frage beigegeben glaubte, nicht zum
Stechen gekommen. Ich wollte andeuten, daß auf dem
Hintergrunde der DDR-Verhältnisse die Lektüre Prousts
eine recht verzerrte Angelegenheit sein müsse. Woran ich
dabei dachte, war eine Aufführung von Diderots Dialog
»Rameaus Neffe«, der ich einmal in der Volksbühne am
Luxemburgplatz beigewohnt habe. Es war dies Stück-
chen um 21.45 Uhr im Sternfoyer angesetzt, was in der
DDR ebenso anrüchig ist wie Filmvorführungen in West-
Berlin, die für vier Uhr nachts angekündigt sind. Da am
selben Abend das Deutsche Theater mit »Dantons Tod«
beim Berliner Ensemble gastierte, hatte ich versucht,
zwei Fliegen mit einer Klappe zu schlagen. Darin lag
vielleicht etwas von der typischen Gesinnung des BRD-
Touristen, einer geschwächten US-Touristenmentalität,
die allerdings durch Geiz gehärtet ist, jene Haltung des
»Alles-Ausnutzens«, der Telleraufesserei und des Trink-
geldsparens. Ich hatte aber einen anderen leitenden Gedanken bei dieser Abendgestaltung. Ich wollte darin vom
originären Geist des Theaters, von athenischen Diony-
sien, aufleben lassen, indem ich mich nicht mit einem
einzigen Stück zufrieden gab und wenigstens einen zweiten Termin hinzusetzte, um, wenn schon nicht Tragödie,
Komödie, Satirspiel, Dichterurteil, so doch eine Annäherung daran zu haben. Da ich mit einer leichten Verspätung
zu Dantons Tod kam, konnte ich an der Garderobenfrau
vorbeigehen, ohne meine Lederjacke abzugeben, was mir
in der Pause das Weggehen erleichterte. Ich bedauerte ein

wenig, auf den zweiten Teil von Dantons Tod verzichten zu müssen, denn jene Inszenierung, die erste in der DDR, hatte das viele Lob, das ihr zuteil geworden ist, ganz und gar verdient. Es fiel mir leicht, dieses leise Bedauern als ein Aufbegehren des eben beschriebenen touristischen Sentiments zu identifizieren, und da ich diesem gegenüber nicht gerade Sympathie verspüre, konnte ich die heroische Bereitschaft zum unbedingten Genuß aufbringen und mir den verschriebenen der zweiten Theaterhälfte entsagen. Auf meinem Weg zum Luxemburgplatz, den ich, um nicht zu viel Zeit zu verlieren, an der Spree entlang durch die Museen legte, hatte ich Zeit, über die Aufführung nachzudenken, und das schien mir zugleich die schönere Weise als mich im Foyer mit einem Bekannten oder einem Unbekannten zu unterhalten, worin die Theaterpause wohl ihren esoterischen Sinn hat. Ich fand, daß der französische Republikanismus, der Geist der Menschenrechte im Parkett des Berliner Ensembles und auch sogar auf den Rängen, wo die Schulklassen sitzen, die für gewöhnlich so unangenehm stören, eine Sprengkraft entwickelte, die ich das Stück in Westdeutschland nie habe entfalten sehen. Das hatte, wie ich durch die zweite Belichtung des Francophilismus in der DDR, welche mich im Sternfoyer der Volksbühne erwartete, erfahren sollte, seinen Grund darin, daß hier von Büchner bereits eine Übersetzung des Geistes der Französischen Revolution in Deutschen Vormärz geleistet war. Zusätzlich waren Büchner aber die politischen Entwicklungen nach dem Zweiten Weltkrieg zugewachsen. So bekamen die Stimmen im Jakobinerklub in der ersten Szene des Stücks DIE REVOLUTION IST BEENDET; SIE IST IN DAS STADIUM DER REORGANISA-

TION EINGETRETEN wie auch die Erwägungen über den Staat, der ein durchsichtiges Gewand zu sein habe, in welchem sich jede Bewegung des Volkskörpers abdrückt, einen völlig neuen Sinn, der im Publikum mit genüßlich geweiteten Ohren aufgenommen wurde. In einer gleichfalls aufsehenerregenden Büchner-Inszenierung, nämlich der von »Leonce und Lena« durch Gosch an der Volksbühne, war dieser Zuwachs von der Regie auf geschmacklos übertriebene Weise ausgekostet. Man sah etwa zwei Minuten lang eine Gruppe Blinder mit ihren weißen Stöcken auf der Bühne herumtappen, bis sie sich geordnet hatten und einer das Wort nahm: »Eure Majestät, der Staatsrat ist versammelt.« Das wirklich Gute, was den historischen Feinsinn der Danton-Aufführung bewies, war, daß man es verstanden hatte, den Hedonismus des Helden als problematisch zu behandeln. Man hatte dem Schauspieler des Danton zugleich die Rolle des Robespierre anvertraut und umgekehrt, wodurch der Hedonismus als ein im Bannkreis der asketischen Ideale des Christentums verbleibender Versuch, Lebensstil zu kreieren, erschien. So allerdings ist er bei Büchner auch behandelt, aber in den Aufführungen des Stücks, die mir bis da zuteil geworden waren, hatte man allemal infolge der Hirnlosigkeit von Regie und Ensemble den Hedonismus als den letzten Schluß der Weisheit gefeiert. So etwas sollte bald im Sternfoyer geschehen, wohin ich jetzt über das beängstigend schwach beleuchtete Spreeufer schritt. Ich blickte noch einmal über das Ufergeländer den Fluß hinab zur Fußgängerbrücke vom Schiffbauerdamm in den Bahnhof Friedrichstraße, schaute aufs Wasser und dachte an Froschmänner, die da unten versucht haben, in den Westen zu kommen, und dann vor Gitter schwammen, naive Geister, ins Netz gegangen. Ich ging auf der anderen Straßenseite, als ich ein ganzes Stück hinter mir rhythmische Schritte hörte, die näher kamen. Mir war klar, daß das Soldaten waren, und eine unerklärliche Angst in meinem Inneren verbot mir, den Kopf nach ihnen zu wenden. Ich drehte ihn nur rechts zur Seite, ohne etwas von ihnen erspähen zu können, während ich meinen Schritt leicht beschleunigte. Ich sah, daß wir an Kasernen vorbeigingen. Der Marschtritt hinter mir ließ auf einen kleinen Trupp von sieben bis zehn Mann schließen, die sich aber laut unterhielten, ohne daß ich jedoch vermocht hätte, einzelne Worte oder Phrasen herauszuhören. Auch war ihr Tritt nicht preußisch scharf, so daß ich mir als der militärische Laie, der ich war, zusammenreimte, es müsse das Kommando »Ohne Tritt, Marsch!« ergangen sein. Mir wollte es einen Moment lang so scheinen, als gingen sie im Gänsemarsch, einen Fuß auf der Straße, den anderen auf dem Bürgersteig. Ich stellte fest, daß unter diesen Analysen meiner akustischen Data mein Vorsprung zusammengeschmolzen war. Ich steuerte meine Berechnung eine Weile in dem Modell von Achill und der Schildkröte, konnte dem Schluß aber keine Gewißheit verleihen, daß ich (die Schildkröte) von Achill (den Soldaten) nicht einzuholen sei. Ich beschleunigte nochmals und fragte mich, ob ich nicht schon den Eindruck eines Fliehenden, und also Verdächtigen machte. Ich war sicher, daß der Trupp – sie waren, wenn ich genau hinhörte, recht betrunken – über mich herfallen würde, sobald sie mich erreichten, hier, wo wir von keinem Zivilisten der Welt zu beobachten waren. Meine letzte Hoffnung war, daß sie in ein Tor einbiegen würden, an dem ich meinen Vorsprung noch soeben vorbeigerettet hatte. Das geschah, und beim Pergamon-Museum war mir schon wohler. Mir gefiel der Aufwand, mit dem die Museumsgebäude unterhalten wurden. Ich dachte darüber nach, ob es für oder gegen die Staaten spreche, wenn sie viel Aufhebens um ihre Museen machen, da fiel mein Blick auf eine Gruppe griechischer Statuen vor der Gemäldegalerie. Ein Zaun aus Maschendraht schloß nach einer Seite diesen athenischen Göttergarten ab, und zwar so, daß er mitten durch die Sphäre der Minerva, die keinen Meter von ihm entfernt stand, schnitt. Ich schmunzelte über die geflüsterte Götterbotschaft, die mir zu sagen schien: »Ja, gepflegt werden wir hier, aber verachtet. Wir wollen nicht gefeiert, wir wollen geehrt sein.« Ich verweilte einen Augenblick bei der flüsternden Minerva am Zaun. Später, als ich weitergehend noch an sie dachte, war ich mir sicher, daß sie in Wirklichkeit doch nur gefeiert werden wollte und jetzt Buße tat für ihre Eitelkeit. Gegen zwanzig vor zehn war ich auf dem Luxemburgplatz, und der Einlaß hatte schon begonnen, was nicht ungewöhnlich ist. Der Anfang der Vorstellung war tatsächlich zehn Uhr, aber man hatte die Viertelstunde Einlaß zum Programm erklärt. Ich fand das Sternfoyer in der merkwürdigen Art, die eben auch die Dekoration des WC charakterisiert, als das Café Royal ausgestattet, wo Diderot den Dialog zwischen dem Ich des Philosophen und dem Musikanten stattfinden läßt. Mir persönlich war immer eine Ähnlichkeit der Denkweise des Rameauschen Neffen, für die Goethe und Hegel soviel Interesse gezeigt haben, mit der, die in Interviews mit Bob Dylan und Frank Zappa zutage tritt, vordringlich gewesen. Hier ging man auf die Lebenslust des Adels unter dem Ancien régime, nicht aber unter der richtigen Einsicht, daß die ἡδονή mit eben diesem ausgestorben, sondern unter der falschen Voraussetzung, daß sie durch Hedonismus zu erwecken sei. Nun hatte man dazu die Mittel eines DDR-Theater-Malersaals zur Verfügung; und wie man mit diesen Mitteln versuchte »savoir vivre« auszusprechen, das war für mich, den westlichen Besucher, das Schauspiel für sich. Um den Eindruck so lebhaft wie möglich zu gestalten, hatte man gar französische Getränkekarten in gotischer Schrift ausgelegt, nach denen aus dem Fundus nach der Mode der 80er Jahre des 18. Jahrhunderts gekleidete Filles und Garçons Wein und Café (ohnehin der übliche Mokka im Ausschank der Foyers) ausschenkten. Allein, bis zu der von Brecht geforderten Aufhebung des Rauchverbots war es abermals nicht gekommen, was mir besondere Probleme bereitete, da ich gleich ins Theater gegangen war mit der Hoffnung, die Zigarette, auf die ich mich den Weg entlang gefreut hatte, dort rauchen zu können. Ich mußte mich dann schließlich zum Rauchen in das Treppenhaus begeben, wo es zwar nicht erlaubt, aber auch niemand zugegen war, der es mir hätte verbieten können. Der größte Schönheitsfehler im Ensemble des Sternfoyers war aber zweifellos das Publikum, welches frisch aus dem Kaufhaus Central eingekleidet war. Das gab ein ähnlich lächerlich-surrealistisches Panorama wie die Renaissance-Fair, die alljährlich im Gebirge bei Los Angeles stattfindet. Wie die DDR-Bürger ihren Wein tranken – der Beaujolais kam vom Plattensee – und sich von dem Schauspieler, der in der Rolle des Neffen seinem Affen soviel Zucker gab, daß es schon auf den Brettern knirschte, das süße Leben vorkauen ließen, stellte mir den deutschen Francophilismus unter ein neues Licht, in das ich meine Frage nach der Proust-Lektüre in der DDR getaucht glaubte. Die überbissige Zote auf den Sachverhalt, den auszusprechen ich nicht in der Lage war, ist mir übrigens schon in früher Kindheit begegnet, ohne mich später wieder loszulassen. Unser Plattenspieler daheim, der in der Hauptsache zum Abspielen der Beatles- und Trini-Lopez-Platten meiner großen Geschwister diente, fand von der Seite meines Vaters Verwendung im Abhören einer Langspielplatte mit sogenannten Herrenwitzen (Witze für Herrenmenschen, mit Nietzsche verstanden). Einer dieser Witze, der gar nicht so sehr ein Männerwitz, aber im eigentlichen Sinne chauvinistisch war, ging folgendermaßen: Ein Engländer, ein Amerikaner, ein Sachse und ein Franzose, die zwanzig Jahre in der Wüste nach Öl gebohrt haben, dürfen nun endlich nach Hause zu ihren Frauen und den inzwischen geborenen Kindern. (An dieser Stelle hörte man auf der Platte ein eingeschnittenes Aufkreischen alter Frauenlachen untermischt mit dumpfem Männergelache.) Am letzten Abend sitzen sie zusammen und schwärmen einander wie geschwätzige Odysseusse von ihrer Heimkehr. Der Amerikaner entwirft seine Vision: When I come home the first thing I'm gona do is: Merry. Then television, then again Merry, then television, then Merry again, television, Merry, television, Merry, television … Non, non, non, sagt der Franzose, quand moi, je rentre à Paris, je vais d'abord achèter une bouteille de champagne chez Poussac. Puis je porte la bouteille chez Yvonne. Elle m'ouvre la porte, on s'embrasse, j'entre. On ouvre la bouteille. Je souffle du Champagne … Auf der Platte wurde das freilich in mit französischem Akzent vorgetragenem Deutsch erzählt. Ich erinnere mich, wie

sich der Entertainer, der mit pomadiger Halbglatze, Flie-
ge und billigem Smoking auf dem Plattenetui abgebildet
war, an dieser Stelle immer darin gefiel, die Szene eines
ständigen Hin- und Herschlürfens des Champagners aus
gewissen »Fältchen« in gewisse andere »Fältchen«, wie
es hieß, aus- und auszukosten. Die Pointe bestand darin,
daß der Franzose von dem Sachsen mit der Bemerkung
unterbrochen wurde: Sahngse mo, gammer des och mit
Bier mochn?

Als ich von der Toilette zurückkehrte, wohin ich mich
wegen des Weinkonsums, der beständig fortgeschritten
war, ohne daß ich als Langsamtrinkender, der zum Teil
schon ganze Flaschen im Rückstand lag, zur Eile genötigt worden wäre, wie das beim Trinken im Westen
häufig der Fall zu sein pflegt, noch mehr als dieses Mal
begeben mußte, fand ich Schlitzer am Tisch von Glatzes Bruder. Als ich mich an unseren Tisch zurücksetzte,
schien mir aber das Gespräch zwischen Isabel, Paul und
Hoppel, einem stämmigen nordischen Babelsberger von
der typischen Distinguiertheit des DDR-Intellektuellen,
welcher sich dazu gesetzt hatte, zu eingefahren, als daß
ich Lust gehabt hätte, aufzuspringen. Zum Zuhören war
mir aber gar nicht zumute, vielmehr zum Reden, und so
setzte ich mich zu Schlitzer, der sich mit Glatzes Bruder
unterhielt. Es wäre umständlich, seine Konversation hier
zu wiederholen, da er sich schon in einem weit fortge-
schritteneren Stadium des Alkoholgenusses befand als
wir. Man könnte sie vielleicht in dem Satz zusammenfas-
sen, daß er sich bei mir an der Stelle seines Bruders,
welcher ihm dazu wohlwissend keine Gelegenheit bot,
darüber beschwerte, daß dieser im Westen sei, während
er sich im Osten befand. Er machte einen Eindruck von

Westuntauglichkeit, der kaum noch zu überbieten ist, als er Schlitzer und mir die folgende peinliche Szene bereitete. Seine erste praktische Assoziation an die Tatsache, daß ich einen Besucher aus dem Westen darstellte, war die Erinnerung an seine Quartzuhr, für die er eine neue Batterie brauchte. Ich war über diese Aufnahme so beschämt, daß ich entschlossen war, sie mit einer brüskierenden Geste zu beantworten. Daß er in mir nicht mehr zu erblicken vermochte als den Spender einer frischen Batterie für seine Quartzuhr, den Messias der japanischen Feinmechanik, das brachte mich voll und ganz gegen die Person auf. Ich zog also aus meiner Tasche eine Quartzarmbanduhr. Ich weiß keinen Rat für deine Quartzuhr, aber, wenn es dir um Quartzuhren zu tun ist, sagte ich zu ihm, so nimm meine. Meine jesuitische Beschämung tat unmittelbar ihre moralische Wirkung. Allerdings nicht bei dem, den ich hatte beschämen wollen, sondern bei Schlitzer, der uns hatte beobachten müssen. Jetzt hast du ja gar keine Uhr mehr, sagte er zu mir, und es war unklar, ob er damit, nach einem von uns eher verspotteten Verhaltenskodex der DDR-Bürger ihren westdeutschen Gästen gegenüber, besorgt um meine pünktliche Rückkehr zur Staatsgrenze West war oder ob er meine Besitzabhängigkeit prüfen wollte, so wie Glatzes Bruder gerade bei mir durchgefallen war. Jedenfalls zog er nun seinerseits seine Uhr aus der Tasche und übergab sie mir, den Schaden, den der geschädigte Bruder mir verursacht hatte, wiedergutmachend. Ich nahm sie an, einerseits aus einem Schauer der Beglückung, nun mehr erhalten zu haben, als ich gegeben hatte; andererseits konnte Schlitzers Geste nur in der Weise als eine ritterliche interpretiert werden, indem ich sie ritterlich beantwortete und mich für das noble Geschenk bedankte. Es handelte sich im übrigen um eine billige Taschenuhr alten Stils. Sie hat allerdings für mich die komplementäre Besonderheit, welche meine Quartzuhr für Glatzes Bruder besaß: sie war sowjetischen Fabrikats und mit dem Aufdruck сделано в CCCP war sie für mich eine Gesinnungsuhr, die mich lange begleitet und mir schöne Geschichten bereitet hat. Immerhin war dieser Uhrentausch mit Verlust und doppeltem Gewinn für mich und Schlitzer ein materielles Siegel der Initiation in einen edleren Stand menschlicher Beziehung. Ob wir es nun Adel nennen oder Freundschaft, jedenfalls verpflichtet es.

Als wir Glatzes Bruder mit zarter Verachtung verlassen und unsere alten Plätze wieder eingenommen hatten, lenkte Schlitzer die Unterhaltung auf eine von ihm gewünschte Reise in das kapitalistische Ausland, wovon Glatze mir schon Andeutungen gemacht, die ich aber damals zu überhören vorgegeben hatte. Ganz abgesehen von einem Satz, den mir Glatze im Suff in West-Berlin einzubleuen versucht hat: »In der DDR denkt jeder, d. h. jeder an ein Leben im Westen.« Ein Satz, den ich zwar ablehnte, der aber doch wie die ewigen Zeigefinger unserer Eltern in meinem Gedächtnis herum- und breitstand, um an diesem geeigneten Zeitpunkt ein Mißtrauen zu rationalisieren, das mein Geist als bloße Empfindung nicht gelten lassen wollte. Ich muß nun noch einmal in Erinnerung rufen, daß die Grundlage unserer Beziehung sozusagen die völkerrechtliche Anerkennung der DDR und damit die eindeutige Nationalität Schlitzers war. Dabei mußten die mangelnden Reisemöglichkeiten als ein sozialistisch nicht mehr zu rechtfertigendes Auseinanderklaffen des Individuellen und Allgemeinen, als ein fürchterliches Ärgernis erscheinen, nach dessen Aufhebung noch im selben Moment zu suchen war. Als Schlitzer nun seine diesbezüglichen Überlegungen ausbreitete, konnte ich nur beipflichten. Er dachte an eine Reise nach Wien, die er sich vom Künstlerverband genehmigen lassen wollte. Mir gefiel daran sowohl Wien, weil es in vielerlei Hinsicht einen Übergang von der DDR zur BRD darstellt und einen Klimawechsel ohne sicheren Persönlichkeitsschaden ermöglicht, als auch die unspektakuläre Art, in der er das Thema biographisch einschätzte. Er brauchte allerdings nicht nur meine Zustimmung, sondern auch meine Unterstützung. Man hatte ihm gerade eben eine beantragte Reise nach West-Berlin abgelehnt mit der Begründung, die Antragsfrist sei zu kurz gewesen. Er brauchte nun einen Termin, der mehr als zehn Monate vorauslag, weiter also, als je ein Ereignis der westlichen Theaterwelt seine Schatten in die DDR vorauswirft. Er brauchte einen vertrauten Kenner, der ihm aus den Spielplanerwägungen der großen Häuser Westdeutschlands und -Berlins Mitteilungen machen konnte. Ich erklärte mich ohne Umstände bereit, ihm diesen Gefallen zu tun, ohne im geringsten zu ahnen, welche Konsequenzen diese Zusage für mich nach sich ziehen sollte. Unsere Verabredung war getroffen, als deren steten Erinnerer ich meine Malnija von nun an bei mir tragen würde, und wie auf ein Zeichen setzte sich ein Mädchen zu uns, das eine vertraute Bekannte Schlitzers zu sein schien, da er sie tatsächlich mit »Na, mein altes Zuckervötzchen« anredete, wie er die Frauen schon allgemein in dem Brief genannt hatte, der meine erste Bekanntschaft mit ihm gewesen war. Dies Mädchen war, was ein oberflächlicher Beobachter vielleicht eine »Punkerin« genannt hätte. Möglicherweise hätte auch sie selbst sich so genannt, wenn man sie gefragt hätte. Sie trug die klassischen Merkmale: schwarz und wasserstoffblond gefärbte Haare, schwarze Kleidung mit viel Leder und Chromnieten. Man kann aber nicht sagen, daß sie in der Mode aufging. Wie überhaupt Kunst erst aus einer Beschränkung der Mittel geboren wird, so hatte bei ihr – sie trug den denkwürdigen Spitznamen »Die Wunde«, über dessen Herkunft kein Aufschluß zu erhalten war – die Unerhältlichkeit bestimmter Accessoires die Phantasie zum Einsatz gebracht. So trug sie einen preußischblauen Trainingspullover als Minikleid, dessen geöffneter Reißverschluß ein bezauberndes Dekolleté ergab, und dunkelrosarote Nylonstrümpfe, die wohl den einzigen weststämmigen Teil ihrer Garderobe ausmachten. Ihre Schuhe waren vordemokratischrepublikanisch, schwarze Stöckelschuhe aus altem, aber gut erhaltenem Lackleder. Vor allem verstand sie, ihr Zeug zu tragen. Sie saß in einer Pose, der freilich Marlene Dietrich und Liza Minelli als die Vorbilder anzusehen waren, die aber doch persönlich oder, besser gesagt, eigenständig wirkte, indem sie von den Sitzknochen ihres apfelrunden Pos den ganzen Körper tragen ließ wie Atlas den Erdball. Das Kreuz war lang bis zur Lehne durchgestreckt, wo sich die herausgekehrten Schulterblätter aufstützten. Die Beine zog sie so geschickt heran, daß bei aller Sinnlichkeit der Geste nicht unter ihren Rock, der ja nur der langgezogene Sweater war, zu sehen war. Ihre Knie, die so in die Nähe des Gesichts gerieten, wurden dessen beständige Spielpartner, auf die sie mal das Kinn, mal die Nase, mal die Stirn, mal die Wange legte. Solche Grazie hatte von Schlitzers Seite sicher etwas Unangenehmes, weil sie so zum Malen herausforderte, zu dem jetzt überhaupt keine Gelegenheit war, für mich aber war der Anblick eine ungetrübte Freude, da ihre Art, sich zu bewegen und ruhig zu sein, das Versprechen eines Beischlafs in traumtänzerischer Natürlichkeit einschloß. Dies Vergnügen wurde aber bald unterbrochen, als ihre Freundin zu uns herankam, die in jener Freundlichkeit, die oft Polinnen eignet und welche bis zu dem letzten Mann an unserem Tisch ausstrahlte, verkündete, sie wolle nun das Lokal wechseln. Da wir diese Aufforderung nicht an uns gerichtet fühlten, sie zumindest ignorierten, kam ihr nur unsere Punkerin nach, in deren Betrachtung ich mich so wohlgefühlt hatte. Die Mädchen waren schon zur Tür verschwunden, als Paul aufsprang, Geld aus der Hose zog und mit einem, wie in einem Anfall von Wirrheit geäußerten »Ich muß noch einen Essay schreiben«, das er wie alles in sächsischem Tonfall aussprach, davonstürzte. Infolge dieses Aufbruchs trat eine Veränderung der Konstellation an unserem Tisch ein, durch die ich mit Hoppel ins Gespräch kam, den ich endlich auf eine gemeinsame Bekannte ansprechen konnte, worauf ich schon den ganzen Abend gewartet hatte. Diese gemeinsame Bekannte war eine Shetna, deren Vater in der Kommunistischen Partei Indiens als Bauer Landagitation betrieben hatte, woraufhin seine Tochter in die DDR zum Filmstudium delegiert worden war. Ich hatte sie in West-Berlin zusammen mit ihrem zweiten Mann kennengelernt, der interessanterweise ein ausgebürgerter DDRler war, mit dem sie im Westen lebte. Mit Hoppel plauderte ich ein wenig über sie, über das zähe Ausbleiben der Dollarkarriere, über das Leben hüben.

Die Ankündigung der Serviererin, in einer Viertelstunde werde geschlossen, alarmierte uns. Wir alle dachten zunächst nur an die Bestellung, sobald wir sie aber erledigt hatten, entstand eine mittlere Panik, da Schlitzer kombinierte, es müsse ein Viertel vor Mitternacht sein. Damit war über den Zweifel entschieden, den ich hatte, als er mir seine Uhr schenkte. Es war tatsächlich in der Absicht geschehen, mich nicht die Stunde der Rückkehr versäumen zu lassen. Freilich dachte ich in diesem Moment nicht daran, vielmehr freute mich der Umstand, daß sowohl ich als auch meine Freundin vergessen hatten, an den staatlich verordneten Zapfenstreich für Westbürger zu denken, da ich daraus den Schluß zog, wir beide müssen an diesem Abend zu den Glücklichen gehört haben, denen keine Stunde schlägt. Bei mir selbst wunderte mich das nicht, aber über den Fall von Isabel war ich recht erstaunt. Daß sie sich in den wenigen Stunden von der seit Jahrhunderten eingesessenen Zarenfurcht befreit haben sollte, wollte mir so unwahrscheinlich vorkommen, daß ich die Theorie vorzog, sie habe alle Verantwortung mir übergeben und darin an diesem Abend ihr Glück genossen, welche Version nicht nur wahrscheinlicher, sondern mir auch schmeichelhafter war. (Wir finden oft, daß wir uns der Theorie bedienen, um die Wirklichkeit dazu zu bringen, uns zu schmeicheln, wo sie von sich aus nicht kann.) Es hieß, die Flaschen in Ruhe auszutrinken, um in einer Viertelstunde das Wunder zu vollbringen, ohne Zeitverlust von der Schönhauser Allee zum Grenzübergang Heinrich-Heine-Straße zu gelangen. Mir war klar, daß ein solches Wunder nur von einem Automobil zu erwarten war, denn allein sich eine Vorstellung davon zu machen, wie dieser

Ortswechsel mittels der S-Bahn hätte vor sich gehen können, hätte unweigerlich mehr Zeit in Anspruch genommen als die ganze wirkliche Autofahrt. Am Tisch war niemand, der ein Auto hatte – ich merkte, wie meine moralische Aversion gegen Schlitzers Autokauf nun in mein eigenes Fleisch schnitt –, und von Taxis in der Hauptstadt wußte ich nur, daß sie praktisch nicht zu kriegen sind, obwohl man sie immer herumfahren sieht. Als wir gezahlt hatten, klärte mich Schlitzer über das Taxiwesen in der DDR-Hauptstadt auf: Es gäbe keine, aber es gäbe doch welche. Dabei ging es nicht um dialektische Mystik, sondern darum, daß es Schwarztaxis gab, private PKW, die von ihren Besitzern auf diese Weise eingesetzt wurden, um die am Arbeitsplatz geschonte Arbeitskraft am Feierabend in die eigne Tasche auszubeuten. Die geringe Schwierigkeit war, eines dieser Taxis zu greifen, womit Schlitzer schon fertig war, als ich mit meiner Freundin aus dem sich hinter uns schließenden Wiener Café wankte. Die Sache wurde abgemacht, und wir waren mit Motorkraft Heinrich-Heine voraus unterwegs, nachdem wir uns ebenso kurz wie entschieden von unseren neuen Freunden verabschiedet hatten. Unser Abgang aus dem WC hatte sich so kaum anders gestaltet, als es bei demselben Unternehmen aus dem Ritz der Fall gewesen sein würde. Der Benz war ein Wartburg, das war der ganze Unterschied. Ich weiß, daß ich mich mit unserem Quasitaxifahrer sehr angeregt, ja ausgelassen von meiner Seite, weniger von der des Fahrers, der wohl nüchtern war, zu unterhalten begonnen hatte, von dem Inhalt des Gespräches, oder von dem, was sonst während dieser Fahrt vorgefallen sein könnte, weiß ich nichts mehr. In meiner Erinnerung ist an dieser

Stelle ein undurchsichtiges Schwarz, ein Nichts im Rahmen des gewissen Etwas des Quantums von Zeit zwischen der Erinnerung an das Vorher und Nachher. Ich spreche von jenem Effekt, auf den Glatze sich in Anklam herausgeredet hat. Hätte mir später in einer stillen Stunde meine Freundin berichtet, daß ich sie auf dieser Fahrt verführt und befriedigt habe wie nie mehr sonst, ich hätte keine Handhabe der Erinnerung gehabt, um ihr zu widersprechen. Gut erinnere ich mich wieder an unsere Ankunft am Grenzübergang, wo man schon die Weile über, die wir unterwegs waren, auf uns gewartet hatte.

Aus einem bestimmten Grunde freuten wir uns sehr, wieder in Kreuzberg zu sein: es gab nämlich wieder Restauration. Unsere Freunde konnten zwar drüben wohl noch eine offene Kneipe finden, die zum ordentlichen Abendgang gehörte und wenige hundert Meter vom WC entfernt die Schönhauser Allee hinauf lag, aber wir konnten uns jetzt gemütlich zu Tisch setzen und eine Mahlzeit verlangen. Ich nehme hier die Gelegenheit wahr, einige Bemerkungen über Bratkartoffelwas Kochkünste zu machen. Zwar gehört die Prager Puppenspielerin, die nicht Bratkartoffelwa hieß, aber einen ähnlich klingenden tschechischen Namen trug, nicht unmittelbar zu der Geschichte, die ich hier erzähle, aber meine Bekanntschaft mit ihr fällt in die Periode dieser Ereignisse, in die Zeit des Erwachens meines Interesses für den Osten. Das Bemerkenswerte an Bratkartoffelwa, und das hatte ihr den Spitznamen eingebracht, war ihre Fähigkeit, zu fortgeschrittener Stunde aus einer augenscheinlich leeren Küche Mahlzeiten zu zaubern, mit denen sie ihre betrunkenen Begleiter beglückte. Ich konnte also meinen Freunden nur das seltene Glück wünschen, eine solche Bratkartoffelwa kennenzulernen, um aufwendige Anstalten, wie sie Glatze in Anklam zur Stillung des späten Hungers gemacht hatte, zu vermeiden. Wir hatten gleich um die Ecke zwischen Moritzplatz und Oranienplatz ein billiges Restaurant, wo es schlechte italienische Küche gibt. Während des Essens setzte ich mit meiner Freundin das Gespräch fort, das wir schon während der Grenzkontrolle begonnen hatten, in dem wir nach der Art der Paare die Leute, deren Gesellschaft wir verlassen hatten, durchzogen. Ich kam dabei auf Hoppel zu sprechen und machte ihr eifersüchtige Vorhaltungen darüber, wie vertraut sie mit ihm geplaudert habe. Sei es, um meinen Anfall von Eifersucht zu bestrafen, oder, sofern er von ihr als der Ausfluß einer Krankheit angesehen wurde, diese zu heilen, sei es, um mich mit meiner eigenen Liebe zu quälen und an die peinliche Tatsache zu erinnern, daß alle Liebe, die wir für andere Menschen empfinden, schließlich eigene Liebe bleibt, sei es, weil sie kein Blatt vor den Mund nahm, jedenfalls schürte sie die Flamme der Eifersucht in meiner Brust, indem sie Hoppel, der sie gar nicht hören konnte, vor meinen Ohren ein Kompliment nach dem anderen machte. Ehrlich gesagt, war ich eher beruhigt als besorgt, denn mir schien eine Verbindung zwischen ihr und Hoppel völlig ausgeschlossen. Das Schlimme, das ich insgeheim befürchtet hatte, nämlich Isabel möge sich in Schlitzer verlieben, war ausgeblieben. Während ich mit Hoppel gesprochen hatte, konnte ich hören, wie sie Schlitzer Vorhaltungen wegen seines obszönen Vokabulars machte. Ihr Vorwurf war dabei, was wegen des eingemischten Jargons aus der Feministenszene nicht auf der Hand lag, weit geschieden von dem, der in solchen Denkkreisen unter dem Wort

»Schowinismus« gefaßt wird. Sie beschwerte sich über die Verletzung des Geschmacks, der gut zu sein habe, wenn er einer sein wolle. Schlitzer gab gleich seine Verfehlungen zu, womit er sich das Muster des Don Giovanni zu eigen machte, mit welchem Schema auch der Laclossche Valmont so viele gute hundert Seiten lang Interesse bei Frauen und Lesern unterhält. Das darin enthaltene Angebot, ihn auf den offensichtlichen Widerspruch zwischen seiner Einsicht und seinen Handlungen hinzuweisen, um ihm so das Stichwort für seinen Faust-Auftritt zu geben, lehnte meine Freundin ab, und das war meine große Beruhigung gewesen. Für uns scheint es aber doch spätestens jetzt unerläßlich, einige grundsätzliche Feststellungen über die Widersprüchlichkeiten in Schlitzers Charakter zu machen. Die augenscheinliche Unverträglichkeit, die dem aufmerksamen Leser sicherlich nicht entgangen sein wird, war die seiner Liebe zu Proust einerseits mit seinem rüden Männerstandpunkt andererseits. Wir finden diese Mischung nicht selten. Die zarten, bildungsbeflissenen, aber doch abgrundtief durchtriebenen Mädchen nach dem Bilde Albertines sind möglicherweise unter den Proust-Lesern gegenüber den harten Jungs nach der Physiognomie, die man sich hinter Namen wie Joseph Conrad und Jack London vorstellt, in der Minderzahl. Freilich ist Proust derjenige, der an Leib und Seele erschüttert, so daß er sich in ein Treppenhaus flüchtet, um seinen Atem wiederzufinden, wenn Morel die Nichte Jupiens eine »Schlampe« schimpft, das heißt aber nicht, daß ein solches Verhalten auch von dem Bewunderer Prousts an den Tag gelegt wird. Doch hat es irgendwo in seiner Seele ein Pendant, eine zuweilen rein passive Entsprechung, die allerdings nicht von den Men-

59

schen aktiviert wird, denen er begegnet, sondern vom Widerhall seines leeren Selbsts im Raum. Ich persönlich habe so etwas immer für einen buddhistischen Miß- brauch gehalten. Was aber die scheinbare Unvereinbar- keit in Schlitzers Charakter anbelangt, so können wir festhalten, daß sie in Wirklichkeit nicht bestand, da so- wohl seine Schwäche für Proust als auch seine Stärke gegenüber dem schwachen Geschlecht Ausprägungen seines Hangs zur Einsamkeit waren, aus dem er die Kraft für seine Abenteuer gewann. Ich hütete mich aber, mei- ner Freundin diese Gedanken über Schlitzer mitzuteilen, und war froh, daß die kleine Eifersuchtsszene, die ich vom Zaun gebrochen hatte, um das Spiel der nächtlichen Zärtlichkeiten einzuleiten, Hoppel zum Gegenstand hatte.

II Die Bürgschaft

»Die Freundinnen kommen und gehen, aber die Freunde bleiben«, sagte Schlitzer, als ich wieder in seiner Tür stand. Diesmal kam ich mit einem Anliegen zu ihm, das in meinen Augen nur ein kleiner Freundschaftsdienst schien, um den ich ihn ohne weiteres bitten zu können glaubte, das aber bald seine Delikatesse entwickeln sollte, brauchte eine Titelillustration, und ich hätte mir nichts Besseres vorstellen können, als eine von Schlitzers »Ficknetten«, da es in dem Buch um die Tragödie ging und die Invariante des Geschlechterverhältnisses seinen Ausgangs- und Endpunkt bildeten. Die Sache war komplizierter, als man sie sich hätte vorstellen können. Schlitzer hätte mir liebend gerne eine seiner Zeichnungen hergegeben, auf keinen Fall aber wollte er es mit dem Künstlerverband verderben und seine Ausreisehoffnung zerstreuen. Er mußte also wissen, worum es in meinem Text ging. Als ich ihn nun noch einmal vor meinem geistigen Auge Revue passieren ließ, mußte ich feststellen, daß dort einige Stellen waren, die bei den zuständigen Behörden in einem etwaigen Zweifelsfall Anstoß erregen mußten. Das war nun so augenscheinlich übertrieben gedacht, daß wir beide versuchten, im Gespräch die Bedeutung der Angelegenheit wieder auf das ihr gebührende Maß herunterzuspielen. Ich verfolgte aber dabei die Absicht, die Verwendung seiner Zeichnung für möglich erscheinen zu lassen, indem ich den Fall, daß überhaupt ein Mensch, geschweige denn ein Beamter, in der DDR von dem Vorgang Notiz nehmen würde, für ebenso unwahrscheinlich erklärte wie einen Hauptgewinn im Zahlenlotto. Schlitzer dagegen schloß aus der mangelnden Bedeutung der Sache, daß er auf keinen Fall in sie verwickelt sein wollte, weil er grundlos unabsehbare Folgen in Kauf nahm. Ich war damit ganz unzufrieden, und zum ersten Mal in meinem Leben verspürte ich dies Lebensgefühl der tiefen Resignation an meinem eigenen Leibe. Es ließ sich hier nicht einmal mehr ein Ton der Klage erheben, die Umstände waren stumm als gegebene zu ertragen; bestenfalls konnte diese erzwungene Stummheit nach außen als die Tugend gewordene Not, als der hohe Stolz des Schweigens erscheinen. Die Sache mußte damit zwischen uns beiden und überhaupt als erledigt gelten, und sie wurde in unserer Unterhaltung weiter mit keiner Silbe erwähnt. Mir ging sie aber derart gegen den Strich, daß ich meinte, sie unmöglich auf sich beruhen lassen zu können, und ich faßte einen Plan, der mein ganzes westdeutsches Gemüt enthielt. Als Schlitzer in die Küche ging, um frischen Kaffee zu kochen, nahm ich die kleine Zeichnung, die mir schon bei meinem ersten Besuch aufgefallen und in meiner Erinnerung verblieben war, wo sie in meiner Suche nach einer Illustration für diesen Buchtitel zum Gedanken zündete, aus dem Rahmen und steckte sie in die Seiten meines Reisepasses, mit dem ich sie in meiner Jackentasche verschwinden ließ. Ich wollte Schlitzer die Zeichnung nach Gebrauch mitsamt dem Honorar in harter Währung zurückgeben. Er sollte ungenannt bleiben und die stille Freude genießen, im Westen betrachtet werden zu können. Indem ich meine Eitelkeit in ihn hineinprojizierte, konnte ich also meine verbrecherische Handlungsweise so sehr beschönigen, daß sie nachgerade wie ein Liebesdienst aussah. So entbehrte auch meine Stimme ganz jener typischen Färbung, die ihr das schlechte Gewissen verleiht, als ich die Unterhaltung mit Schlitzer wieder aufnahm, der den Kaffee und Gebäck, das eine Verehrerin für ihn gemacht hatte, hereinbrachte. Während wir den heißen Kaffee schlürften und auf den Plätzchen knabberten, schaute ich aus dem Fenster und sah, wie der Schnee in großen Flocken auf den Hinterhof fiel, wo zwei Mechaniker mit blauroten Fingern unter einem Trabant herumschraubten. Der Schnee hatte das Auto schon mit seinem Weiß überzogen und begann, sich die Decke in sein Weiß zu ziehen, welche sich die beiden Bastler zum Schutz vor der Bodenkälte zurechtgelegt hatten. Mir gefiel das, denn ich fand das Muster der Decke ausgesprochen häßlich. Um auf jeden Fall der Rückkehr des von mir so unglücklich eingeleiteten Themas vorzubeugen, fragte ich ihn, wie weit es mit seinem Autokauf stehe. Er nannte die letzten Angebote, die bei ihm eingegangen waren, er habe sich noch nicht entscheiden können. Ich dachte, der Autokauf möge ihn nur in eine so unbequeme Lage bringen wie die der beiden Männer unten im Hof. Mir fröstelte schon bei dem Gedanken, und obwohl seine Wohnung gut geheizt war, fanden wir eine Erwärmung von innen mit einigen Gläschen Wodka angebracht, auch im Hinblick auf die Kälte, die uns beim Ausgehen erwarten würde. Damit gingen wir zur Tagesordnung über, d. h. wir machten uns, nachdem wir ausreichend vorgewärmt zu haben glaubten, auf den Weg durch den Schnee ins WC. Dort verzichteten wir aus einer Stimmung, die wohl zum großen Teil der Jahreszeit geschuldet war, zumindest bei mir aber zu einem anderen Teil mit der »Frustration« zusammenhing, die weniger Schlitzer als die Umstände, auf die er mich hingewiesen, mir bereitet hatten, auf den Genuß von Wein und orderten stattdessen mit dem für Schlitzer gewohnten »Hundert Gramm« mehr und mehr Wodka. Mein Erscheinen vor den Grenztruppen war diesmal nicht mehr das des torkelnden Weintrinkers, sondern glich mehr dem eines stockbesoffenen Kosaken, der Haltung bewahrt. Mir wurde bei der Kontrolle die Zeichnung, die noch in meinem Paß lag, mit einer tadelnden Miene zurückgegeben, wobei ich aufgrund meiner Verfassung nicht unterscheiden konnte, ob der Tadel der Zeichnung, meinem Gefallen an ihr oder meiner Unfähigkeit, ein Reisedokument von einem Album zu unterscheiden, galt.

Das Leben in der BRD brachte nichts Neues. Aber das Buch erschien, mit ihm Schlitzers Zeichnung, und ich konnte bald einsehen, wie eitel geschäftstüchtig meine Handlungsweise gewesen war. Die symbolische Obszönität der Zeichnung tat auf den Verkauf meines Traktats dieselbe fördernde Wirkung wie die nackten Mädchen auf dem Umschlag der Gazetten. Wenn also das Büchlein zu einem der kleinen Erfolge, an denen mein Leben nicht sehr reich ist, wurde, so hatte ich das Schlitzer zu danken, und ich wollte es auch auf dem schnellsten Wege tun. Nun ist es aber oft so, daß ein Dank, den wir erstatten wollen, mit dem Eingeständnis eines Fehlers verbunden ist, und unser schlechtes Gewissen hält uns dann zurück, den Dank auszusprechen, wodurch es um so schlechter wird. Daran änderte auch der Umstand nichts, daß mein moralischer Fehler seinen Zweck gut erfüllt hatte. Mein Zögern, welches noch andere Gründe enthielt, die aber doch nur falsche Entschuldigungen darstellen, wenn man sie vorbringt, hatte zur Folge, daß Schlitzer nicht von mir, sondern von Glatze, dem das Buch auf irgendeine Weise in die Hände geraten war, informiert wurde. Durch die Inkompetenz der Quelle bestand aber diese Information ausschließlich aus Oberfläche, und Schlitzer mußte sich ebenso wie sein Informant Glatze, der ihn in Unkundigkeit über das Ganze meines Planes unterrichtet hatte, in dem Glauben befinden, ich habe ihn hintergangen, was ja zum Teil, aber auch nur zum Teil stimmte. Als ich jedenfalls Glatze am Telefon von Bochum aus bat – und das war knapp über zwei Monate nach dem Erscheinen des Büchleins –, über seine Kanäle für mich einen Termin mit Schlitzer zu vereinbaren, verspürte ich am anderen Ende der Leitung eine geradezu sibirische Kälte. Ich erhielt die Auskunft: »Ich glaube nicht, daß Schlitzer zum gegenwärtigen Zeitpunkt daran interessiert ist.« Dieser völlige Rückfall Glatzes in den noch dazu offiziellen DDR-Jargon weckte in mir eine Ahnung von dem, was geschehen sein mochte. Ich fand ratsam, das Gespräch nicht am Telefon fortzusetzen. Ich kündigte Glatze nicht einmal den Besuch an, den ich gerade beschlossen hatte, da mein Gefühl mir sagte, daß er ihn ablehnen würde, sondern hängte den Hörer ein, nahm den nächsten Zug nach West-Berlin und begab mich geradewegs zu Glatzes Wohnung.

Ich erfuhr dort, wie sich die Dinge inzwischen verhielten. Schlitzer war für den vorausliegenden Herbst eine Arbeitsgenehmigung zur Ausstattung einer kleinen Produktion am Wiener Akademietheater erteilt worden. In diese sonnige Aussicht war ihm das drohende Unwetter im Gefolge der von mir entwendeten Zeichnung geraten, von deren Verwendung ihm Glatze so unverzüglich

Mitteilung gemacht hatte. Nun hatte es Schlitzer dummerweise für das Klügste gehalten, statt eine Zurücknahme seiner Arbeits- und Reiseerlaubnis zu riskieren, selbst die Behörden auf mein Vorgehen aufmerksam zu machen und den Diebstahl seiner Zeichnung sowie deren mißbräuchliche Verwendung anzuzeigen. Damit saß ich nun am hellen Vormittag, von der Zugfahrt übernächtigt, im schwedisch saubren Glanz von Glatzes Einbauküche. Meiner Bitte nach einem Schnaps konnte er nicht entsprechen, der Kater vom nächtlichen Genuß der verbliebenen Vorräte stand ihm noch im Gesicht. Ich zündete mir eine Zigarette an und fragte ihn um einen guten Rat, er gab nur das protestantisch kurze »Das muß du schon selber wissen« zur Antwort. Es half nichts, ich mußte über die Mauer, um mich wenigstens von einem Teil der Vorwürfe reinzuwaschen. Ich wollte nur noch wissen, ob bestimmte Erfahrungsgründe es unratsam erscheinen lassen könnten, in eigener Person in die DDR einzureisen. Glatze zog die Schultern hoch und legte den Kopf schief. Ich verabschiedete mich und stieg in die U-Bahn Richtung Friedrichstraße.

Der Weg war üblich und in keiner Weise beunruhigend, der Geisterbahnhof Französische Straße konnte mich nicht mehr aus der Fassung bringen, als eine zitternde Gummihand auf dem Rummel es vermocht hätte. Ich durchwanderte den S-Bahnhof vorbei an den Schlangen der Kleinstschmuggler, die vor dem Intershop Schlange standen, erstieg die Treppen zur Grenzübergangsstelle und reihte mich zwischen die mit Südfrüchten beladenen Onkels und Tanten aus dem Westen ein. Ich passierte den Mann hinter der Scheibe, der mir gegen die Visagebühr meinen Paß mit dem eingelegten Zettel für den Tagesaufenthalt zurückgab, und ging wie gewohnt weiter zur Zollkontrolle. Der Zollbeamte nahm mein Dokument an sich und bat mich zur eingehenden Kontrolle in ein kleines Kabäuschen, das an die Umkleidekabinen in den Kaufhäusern erinnerte. Ich legte auf seine Anordnung artig den Inhalt meiner Taschen auf den Tisch. Aus der Brusttasche meiner Jacke kam dabei Schlitzers Zeichnung zum Vorschein, die ich ihm zurückbringen wollte. Den Volksarmisten durchzuckte am ganzen Körper ein freudiges Schütteln, dann stürzten seine beiden Arme auf die Zeichnung wie ein Raubvogel auf seine Beute. »Sagense gleich, wo isses Gäld?« stieß er in einem Sächsisch hervor, wie man es komischer in einem antikommunistischen sog. »Lustfilm«, der Vorgänger der sog. »Filmkomödie«, aus den 50er Jahren nicht hätte finden können, als er mir die Zeichnung triumphierend mit der Geste der deutschen Faschisten in Hollywoodfilmen (wie häff miens tu mäck ju tok!) entgegenhielt. Ich zuckte nur die Schultern und beteuerte, nicht zu wissen, von welchem Geld er redete. Tatsächlich ahnte ich aber bereits, einen törichten Fehler begangen zu haben, indem ich dreihundert D-Mark, die mir mein Verlag für die Benutzung von Schlitzers Zeichnung gegeben hatte, in meinen Strumpf gesteckt hatte, da ich ja gar nicht, wie es üblich ist, nach der Menge der von mir mitgeführten Devisen gefragt worden war. Meine unerlaubte Einfuhr fremder Währungen aus nichtsozialistischen Ländern wäre also gar nicht aufgefallen, wenn ich sie nur offen gehandhabt hätte. So aber elektrisierte mich die Ankündigung des Zöllners, dessen Gesicht vom Schnuppern der Erfolgs- und Beförderungsmöglichkeit ganz neue Züge erhielt. Wie in eine neue Dimension des Diensteifers vorgestoßen, drohte er mir: »Na, dann ziehn werse aus!« Da sich das »sie« auf zweierlei Art beziehen ließ, jagte er mir zugleich den Schrecken eines Kindes, dem der Arzt, weil es sich bei der Untersuchung seiner Mandeln ziert, androht, daß sie ihm dann eben ausgezogen werden, und den einer jungen Frau ein, die unter einen Haufen alter Männer geraten ist und der ihre alsbaldige Vergewaltigung angesagt wird. Da mir klar war, daß er von der Spur, auf der er sich befand, nicht mehr abzubringen sein würde, begann ich ein Gespräch, das bei den dreihundert Mark in meinem Socken landen würde. Ich machte ihm einige Vorstellungen über die Unsicherheit von Hab und Gut in bestimmten Vierteln West-Berlins, daß ich durch Schaden klug geworden sei und größere Geldbeträge nie mehr im Portemonnaie oder in der Brieftasche bei mir führe, womit ich bei dem Strumpf angelangt war, aus dem ich die drei Scheine hervorholte. »Das is gud, dasse so vernünfdisch sin«, war der ganze Kommentar meines Gegenübers, worauf er ungefragt das Geld an sich nahm und mit der Zeichnung in meinen Paß legte. Er spiegelte mir damit die Variation eines Bildes vor, welches ich mir oft vorgestellt hatte, nämlich bei dem langen Warten vor Verlassen der Transitstrecke, wo ich mir regelmäßig DDR-Bürger ausdachte, die einfach mit ihrem Personalausweis vorfahren, in den anstelle von Reiseerlaubnissen große Geldscheine-West eingelegt sind. Mein Zollkontrolleur führte mich, nachdem er mich so meiner Ausweis- und Zahlungsmittel beraubt hatte, in einen nahegelegenen kleinen Raum, bat mich zu warten, ohne dafür jedoch irgendeinen Zeitraum anzugeben, und verschwand.

Die Tür, welche sich hinter mir schloß, hatte, wie ich

feststellte, von innen keine Klinke, sondern nur einen Knopfgriff, so daß sie ohne Schlüssel nicht zu öffnen war. Ich muß zugeben, daß ich bei aller Sympathie für die DDR, bei meiner eingefleischten Gewohnheit, alle Greuelgeschichten über die Allmacht der Partei und die Ohnmacht des Individuums in diesem Lande konsequent abzustreiten, durch die Situation, in der ich mich befand, in starke Nervosität geriet. Das völlige Ausgeliefertsein und die gänzliche Ungewißheit darüber, was als nächstes geschehen würde, machten aus mir das Geschöpf, das sich am liebsten an den Rockzipfel seiner Mutter gehängt hätte, so wie ich es getan hatte, als uns der Nikolaus besuchte und das große Buch hervorholte, in dem alle vermeintlich unbemerkten Sünden verzeichnet waren. Zu meinem Pech (hüte dich vor Pech, heißt es bei Brecht!) hatte ich auch meine sowjetische Taschenuhr nicht bei mir, noch sonst einen Zeitmesser, mit dem ich das bereits nach wenigen Minuten abhanden gekommene Zeitgefühl durch Wissen hätte ersetzen können. So zog sich die Zeit auf schmerzhafte Weise in die Länge. Der einzige Lichtblick in meinem schmucklosen Gewahrsam war ein A im Kreis, das ein Leidensgenosse mit Kugelschreiber neben dem Türpfosten in der Art, wie wir in der Schule unsere Bänke zu verzieren pflegten, eingraviert hatte, um der Beleidigung eines Anarchisten eine Erinnerung zu schaffen. Ich mußte beim Anblick des kleinen Zeichens unwillkürlich schmunzeln und darüber nachdenken, warum man das Schandfleckchen nicht überstrichen hatte. Es war möglich, daß die Beamten seine Bedeutung nicht verstanden, vielleicht war aber auch die Farbe nicht mehr zu besorgen, oder man war einfach zu faul, diese Mühe, die im Dienstplan nicht verzeichnet war, zu übernehmen, wahrscheinlich hatte man es gar nicht bemerkt.

Da in dem Kabuff kein Aschenbecher war – es gab überhaupt nur einen Tisch und zwei Stühle aus Plastik in Holzdekor –, brachte mir das Anstecken einer Zigarette einen Teil meiner Identität und meiner Ruhe zurück. Immerhin war ich noch in der Lage, meinen unerreichbaren Einsperrern zu trotzen, indem ich etwas augenscheinlich Unerwünschtes tat, wie jener Freund der Anarchie, dessen A im Kreis mir zusprach. Zusätzlich gab es wieder einen Maßstab für die Zeit. So vergingen vier Zigaretten, ohne daß etwas passierte. Ich zählte nach, wie viele mir noch zu rauchen blieben, und konnte mir nicht vorstellen, daß man mich so lange würde schmoren lassen. Ich begann aber schon, mit diesem Unglaublichen zu rechnen, denn ich dachte über eine Einteilung meines Zigarettenvorrats nach, auch im Hinblick auf die Ökonomie des Sauerstoffs in diesem abgeschlossenen Raum, denn womöglich war ich einer besonders perfiden List auf den Leim gegangen und im Begriff, meine eigene Erstickung durchzuführen. Aus diesen Berechnungen wurde ich durch das Geräusch des sich öffnenden Türschlosses erlöst. Herein traten zwei unbekannte Gesichter in der bekannten Uniform, ostentativ hustend und strafende Blicke auf mich sendend, um mir klarzumachen, daß ich mit der Einstellung, daß etwas allein deshalb erlaubt sei, weil es nicht ausdrücklich verboten war, nicht weit kommen werde. Sie machten es sich auf den beiden Stühlen bequem und ließen mich stehen, indem sie mich vom Tisch aus musterten wie einen Rekruten, über dessen Einziehung befunden wird. Der Dienstältere und, wie ich annahm, Ranghöhere von ihnen studierte noch einmal meinen Paß, und dann wurde ich aufgefordert, meine Kleider abzulegen. Ich nahm, was ich, wenn man es von mir behauptet hätte, unter allen Umständen abgestritten haben würde, an dieser Szene meiner restlosen Entwürdigung teil, als ob es sich gar nicht um mich handeln würde. Es hätte mich nicht mehr gewundert, wenn sich bei dieser Gelegenheit auch die NVA wie so viele militärische Organisationen von der Inversion durchsetzt gezeigt hätte. Aber als man nichts von Interesse bei mir fand – was hätte man finden wollen? –, durfte ich mich wieder anziehen und mich zumindest in diesem Punkte beruhigen. Wie zur Belohnung für mein braves Mitspiel erhielt ich sogar meinen Paß zurück. Damit war ich zwar bereits wieder im Stande der Identität, aber noch nicht in dem der Subjektivität, wie sich zeigen sollte. Meine beiden Uniformierten übergaben mich nämlich, nachdem wir den Kabuff endlich verlassen hatten, einem Herrn in Zivil, den man aufgrund seiner Farblosigkeit unter Tausenden für einen Herrn von der Stasi erkannt hätte. Dieser sprach mich mit meinem Namen an und erklärte mir, er könne mich zwar in keiner Weise zwingen, es sei aber nach Lage der Dinge »unbedingt« in meinem Interesse, wenn ich ihn zu einer Unterredung, zu der man mich erwarte, begleiten würde. Mein Gefühl sagte mir das genaue Gegenteil, aber ich gab einem Aufstand wenig Aussicht auf Erfolg und folgte der Einladung willenlos. Ich ging mit dem Mann aus dem Bahnhof Friedrichstraße zur Clara-Zetkin-Straße, wo er seinen Wagen geparkt hatte. Unterwegs erklärte er mir, es handele sich um ein rein informatives Gespräch und ich brauchte mir keinerlei Gedanken zu machen. »Nachtigall, ick hör dir trapsen«, dachte ich still und wollte den

Herrn zumindest noch darüber aufklären, daß der Mensch oft Gedanken hat, ohne daß er sie sich macht, aber ich blieb lieber wortlos.

Wir hielten vor einem Nazibau vis-à-vis der Mauer. Beim Aussteigen konnte ich auf der Westseite den Gropiusbau erkennen. Ich folgte meinem Chauffeur in das Gebäude über ausladende Korridore und Treppen bis vor die Tür eines Büros, an der er anklopfte. Aufgefordert zu öffnen, steckte er nur seinen Kopf hinein, worauf drinnen ein lautes »Ach, ja, der Herr«, und hier folgte wieder mein Name, zu vernehmen war. In der Tür erschien ein Mann von etwa fünfzig Jahren, ein wenig untersetzt, mit grau meliertem Haar, das mit Pomade nach hinten frisiert war, und einem runden, freundlichen Gesicht. Auffällig an ihm war vor allem der dunkle Teint, der glauben machen mußte, er habe lange Jahre in den Tropen verbracht. »Aber kommen Sie doch, bitte, herein.« Ich folgte, wie es mir schon zur Gewohnheit zu werden begann, und betrat ein helles, großes Büro mit Möbeln aus den dreißiger Jahren, das zwar nicht gerade wohnlich zu nennen war, aber doch nicht unbehaglich. Möglich, daß für diese Empfindung meine vorhergehende in dem Kabüffchen verantwortlich war. »Erlauben Sie, daß ich mich Ihnen vorstelle, Kommissar Lärisch, Staatssicherheit. Bitte, nehmen Sie doch Platz. Rauchen Sie? Nehmen Sie nur, es sind kubanische. Ach, Sie rauchen lieber Zigaretten, wie Sie wollen. Es tut mir leid, wenn sie Unannehmlichkeiten hatten. Nehmen Sie erst einmal Ihr Geld wieder an sich, das Ihnen die Kollegen von der NVA in ihrem Diensteifer abgenommen haben.« Er schob mir einen Umschlag über den Schreibtisch, an den wir uns gesetzt hatten, in dem meine bzw.

Schlitzers dreihundert Mark waren. »Die Zeichnung, die ich übrigens sehr gelungen finde, kann ich Ihnen leider nicht wiedergeben. Es besteht der begründete Verdacht, daß Sie nicht ihr rechtmäßiger Besitzer sind, womit wir auch schon beim Thema wären. Nun erschrecken Sie nicht gleich! Sie sehen überhaupt blaß aus, darf ich Ihnen einen Cognac anbieten? Es ist französischer, ich nehme auch einen. Wenn es um die Verfolgung von Diebstählen geht, bin ich gar nicht zuständig, und ich habe auch nicht vor, Sie der Volkspolizei zu übergeben, Sie können also ganz beruhigt sein.« Tatsächlich trat bei mir eine Beruhigung ein, obwohl alle die vorausgegangenen Aufforderungen, mich zu beruhigen, gerade den gegenteiligen Effekt gezeigt hatten. Diese Entwarnung setzte sich unter der nun folgenden Ansprache fort, die Lärisch mir im Tone einer Initiation wie ein evangelischer Pfarrer, der einen Schüler zum Konfirmandenunterricht empfängt, hielt.

»Sicher erscheint Ihnen der Aufwand, mit dem Ihr Fall bei uns behandelt wird, maßlos übertrieben. Von Ihrer Warte haben Sie damit sogar recht. Aber ich brauche Ihnen keinen historischen Nachhilfeunterricht zu erteilen, um festzustellen, daß Reiseangelegenheiten in unserem Lande eine heikle Sache sind. Besonders zweischneidig wird dieses Schwert nun, wenn es um Reisen von Künstlern geht. Einerseits sind sie wünschenswert, da sie unserer Wertschätzung im Ausland dienen, andererseits haben wir oft die Erfahrung machen müssen, daß solche Reisen zur Republikflucht mißbraucht wurden. Ich brauche Ihnen nicht zu sagen, daß dies bei uns eines der schwersten Verbrechen ist, welches zu bekämpfen zu den vordringlichsten Aufgaben der Staatssicherheit gehört.

Es gilt also, in den Fällen, wo Künstler unserer Republik zu Arbeiten in das kapitalistische Ausland eingeladen werden, das Für und Wider gegeneinander abzuwägen. Dazu ist es unvermeidbar, auch wenn es bedauerlich erscheinen mag, daß wir uns ein Bild von der Gesinnung der betreffenden Persönlichkeit machen. Einen besonderen Zweifelsfall – und wir sind in solchen Zweifelsfällen, das sage ich nun mit meinem aufrichtigen Bedauern, gezwungen, vom Grundsatz des römischen Rechts abzuweichen und gegen den Betroffenen zu entscheiden – stellt der des Bühnenbildners Schlitzer dar, zu dem Sie in Verbindung stehen. Deswegen lag mir daran, Sie zu sprechen, und da wir keine Möglichkeit haben, über die Grenzen unseres Landes hinaus zu handeln, oder doch in einem so unwichtigen Fall von solchen Möglichkeiten keinen Gebrauch zu machen pflegen, habe ich für den Fall Ihrer Einreise die Grenzbehörden mit Ihrer Vorladung betraut. Ich darf Ihnen nämlich sagen, daß die Zweifel, die wir hinsichtlich des Bürgers, leider kann ich nicht sagen des Genossen, Schlitzer hegen, wesentlich auf seine Verbindung zu Ihnen zurückzuführen sind. Wie Sie vielleicht wissen, ist ihm für die nahe Zukunft von den zuständigen Stellen im Ministerium für Reiseangelegenheiten eine Arbeitserlaubnis für das nichtsozialistische Ausland erteilt worden. Nun hat er an Ihrem Buch«, Lärisch machte an dieser Stelle eine kleine Pause, in der er eine Schublade seines Schreibtischs öffnete und ein Exemplar meiner Arbeit hervorzauberte, was mich ebenso verblüffte, wie es meine Eitelkeit befriedigte, »mitgewirkt, ohne daß die Künstleragentur, die solche Vorgänge abzuwickeln hat, auch nur unterrichtet worden wäre. Ich will gar nicht behaupten, daß Ihr Buch antikommunistisch ist, dazu habe ich mich noch gar nicht ausführlich genug mit ihm beschäftigen können. Immerhin scheint es dort Stellen zu geben, die mit dem wissenschaftlichen Kommunismus schwer in Einklang zu bringen sind. Wir haben oft erleben müssen, daß gerade Intellektuelle, die aus Gründen ihres Geschäfts oder aus romantischen Erinnerungen eine heiße Sympathie für die Ideen des Kommunismus bezeugt haben, unserem Staate den größten Schaden zufügen konnten. Unsere Aufgabe ist es in solchen Fällen, den Schaden für den sozialistischen Staat abzuwenden; und das geschieht in der Regel dadurch, daß wir den Schädling aus dem Organismus des gesunden Volkskörpers isolieren. Wir wissen dabei freilich auch, daß der Kampf für den Sozialismus im kapitalistischen Ausland andere Bedingungen hat als bei uns, d. h. die Tatsache, daß ein Buch wie das Ihre bei uns nicht erschienen wäre, braucht nicht unmittelbar zu bedeuten, daß sie uns feindlich gesinnt sind. Im Gegenteil, ich persönlich bin der Ansicht, daß sie durchaus in der Lage wären, unseren Kampf und unsere Arbeit zu unterstützen, sonst säße ich ja nicht hier, um Ihnen Vorträge zu halten.« Die einnehmende Weise, in welcher er seine Ausführungen machte, zerstreute alle meine Empfindungen von Bedrohung, welche mich zuvor erfüllt hatten. Ich täuschte mich dabei keinen Augenblick über die Vermeintlichkeit der Kausalität, die er seiner Rede zu geben versuchte. Auch die Bilder, die er verwendete, waren in keiner Weise geeignet, mich zu überzeugen. Die Hygiene des Volkskörpers konnte gar nicht anders als mit Assoziationen an den Faschismus verstanden werden, und das Schwert mit den zwei Schneiden hatte er so ungeschickt eingesetzt, daß es allenfalls den Sinn seiner Worte zerschnitt. Trotzdem hatte seine Rede für mich etwas Gewinnendes. Ich schätze, das hatte seine Ursache in einer inneren Konstellation bei mir, die er sich nutzbar zu machen verstand. Er ging mich, wie man so sagt, von der richtigen Seite an. Ich verspürte Lust, auf dieses Abenteuer einzugehen, und hatte die Angst und Aussichtslosigkeit, die mich keine Stunde zuvor noch beherrschten, so gut wie vergessen. Diese Wandlung hatte sogar eine physische Entsprechung, denn parallel zu ihr war eine Transformation meiner Müdigkeit in einen Zustand wenn auch distanzierter Aufmerksamkeit vonstatten gegangen. Wenn ich ihn jetzt fragte, wie ich seine letzte Bemerkung zu verstehen habe, so war das bar jeder Ironie, ich hatte begonnen, mich ernsthaft für das zu interessieren, was er mit mir vorhatte. »Ich meine damit, daß ich mir von Ihnen einigen Aufschluß über die Persönlichkeit des Bürgers Schlitzer verspreche, über seine Haltung zum Klassenkampf, sein zu erwartendes Verhalten im Ausland etc. Zunächst aber sollten wir uns etwas näher kennenlernen. Ich schlage vor, wir treffen uns hier täglich zu einer bestimmten Uhrzeit und führen, ausgehend von dem, was sie hier geschrieben haben – wenn sie nichts dagegen haben, heißt das –, in aller Ausführlichkeit ein paar Gespräche über Marxismus-Leninismus. Immerhin handelt es sich ja bei ihm um eine streitbare Wissenschaft, die längst nicht in all ihren Aspekten ausgeschöpft ist. Wer weiß, ob wir nicht dabei zu einer Verständigung gelangen, die eine längerfristige Zusammenarbeit für beide Seiten wünschenswert macht.« – »Mit anderen Worten: Sie wollen mich als Spitzel anwerben.« Ich hätte nicht sagen können, woher ich die Stirn zu einem so krassen Ausdruck genommen hatte. Wenn man aber annehmen muß, daß dies ein für alle Mal den Abbruch der sich anspinnenden Beziehungen zwischen Kommissar Lärisch und mir bedeutete, so zeigte sich im Gegenteil, daß sie sich damit voranbewegten. Lärisch war weit entfernt, meine Bemerkung als einen hingeworfenen Handschuh zu verstehen, vielmehr nahm er mit ihr nur den Faden seiner Rede wieder auf: »Es freut mich, daß Sie kein Blatt vor den Mund nehmen, aber, was Sie da sagen, ist sicher eine zu häßliche und einseitige Formulierung. Ich verstehe nur zu gut, daß die Polizei für jemanden, der sich als Revolutionär versteht, von vorneherein eine schlechte Sache ist, die man nicht unterstützt, sondern bekämpft. Glauben Sie mir, daß ich als junger Mensch ebenso gedacht habe. Man muß natürlich dazu sagen, daß ich meine Jugend in einem Deutschland zubringen mußte, das ein faschistischer Terrorstaat und eine Geißel für die Menschheit war, der leider nur in dem Teil, aus dem unser Staat geworden ist, mit Stumpf und Stiel ausgerottet wurde. Heute arbeite ich für die Geheimpolizei unseres sozialistischen Vaterlandes. Habe ich damit aufgehört, ein Revolutionär zu sein? Ich glaube, man versäumt die wichtigsten Lehren Lenins, wenn man so denkt. Sehen Sie, wieviel Stoff wir für unsere Gespräche haben werden. Wir sollten uns über all das wirklich ausführlich unterhalten, und wenn nur wir beide dadurch klüger werden. Warum nehmen Sie sich nicht einfach ein paar Tage Zeit, um in unserer schönen Hauptstadt zu verweilen und in Ruhe über all das nachzudenken, was ich Ihnen vorzuschlagen habe. Im Moment klingt das für Sie eher erschreckend, ich weiß. ›Die erste Erscheinung des Neuen ist der Schrecken‹, wie es einer der hervorragendsten Dichter unseres Staates ausgedrückt hat. Sie brauchen Zeit, sich an den neuen Gedanken zu gewöhnen. Außerdem sehen Sie müde aus. Ich werde Ihnen ein Hotel besorgen lassen, und morgen, wenn Sie ausgeschlafen haben, reden wir weiter.« Ich warf ein, daß ich auf so etwas in gar keiner Weise vorbereitet sei. »Aber davon spreche ich ja!« – »Nein, ich meine das ganz praktisch, technisch. Mein Gepäck ist am Bahnhof Zoo, ich müßte zur Bank usw.« Ich war also schon im stillen auf seinen Vorschlag eingegangen. Ohne es zu wissen, bot Lärisch mir etwas an, was ich seit langem gewünscht hatte, nämlich einen Aufenthalt in der DDR ohne festgesetzte Rückkehr, also die Möglichkeit, die DDR im Sinne Baudelaires (»Les vrais voyages sont ceux qui partent pour partir«) zu bereisen. »Wir können Ihr Gepäck doch abholen lassen, das ist das kleinste Problem. Zur Bank brauchen Sie nicht, denn da wir Sie einladen, sind Sie selbstverständlich auch unser Gast. Schlafen Sie sich aus. Schlafen ist immer gut für den, der wachsam sein muß.« Dieser Schluß gehörte zu den Eigentümlichkeiten von Lärischs Logik, mit der ich in der Folge noch vertrauter werden sollte. Wenn ich sie hier unwidersprochen ließ, so deshalb, weil sie mir gut in den Kram paßte, denn ich war wirklich sehr müde. »Ich lasse Sie gleich ins Hotel bringen.« Er öffnete noch einmal die Schublade und gab mir abermals einen Umschlag. »Ich hoffe, das wird aufs erste für Ihre Unkosten ausreichen« – der Umschlag enthielt ein Mehrfaches dessen, wofür sich ein Arbeiter in der DDR einen Monat lang in seiner Fabrik aufhält, und wenn dieser abgenutzte Maßstab auch nicht mehr viel auszusagen vermag, so doch so viel, daß Lärisch mir einen starken Köder hinwarf –, »und, sehen Sie, ich verlange nicht einmal eine Quittung von

Ihnen, Sie verpflichten sich also zu nichts. Ich kann Ihnen gleich hier im Hause ein Visum für eine Woche ausstellen lassen, und wenn Sie mir am Ende der Woche sagen, daß Sie es sich anders überlegt haben, so werde ich der letzte sein, der es Ihnen übelnimmt. Aber Sie sollen Gelegenheit haben, ernsthaft darüber nachzudenken.« Er telefonierte, und einige Minuten später erschien eine häßliche Mitvierzigerin, die mir erneut meinen Paß abnahm, den sie eine Viertelstunde darauf mit dem Visum zurückbrachte. Unterdessen erklärte ich Lärisch, daß ich mir die Zusammenarbeit, von der er fabulierte, beim besten Willen nicht vorstellen könne, allerdings seinen Vorschlag ernstnehmen wolle, man werde ja sehen usw. Mein Hauptgedanke dabei war, sobald als möglich Schlitzer zu treffen und ihn in alles einzuweihen, um die für ihn günstigen Schritte zu erwägen. Ich ahnte, ohne ihn freilich auch nur in etwa zu kennen, einen Weg, der an dem Hindernis, das ich in den seinen gelegt hatte, vorbei ihn doch noch zu seinem Ziel führen könnte. Es würde aber einen falschen Eindruck erwecken, wenn ich die Motive, die mich bewegten, auf Lärischs Kuhhandel einzugehen, denn ich war mir wohl bewußt, daß ich schon tiefer in dem Abkommen steckte, als ich gewagt hätte mir einzugestehen, so darstellen würde, als hätten sie ausschließlich aus Sorge um Schlitzers Fall bestanden. Viel mehr trieb mich eine Lust an dieser Art ziviler Gefahr, die nach langen Wochen am Schreibtisch einen Sog auf mich ausübte wie die Speisekarte, die einen Ausgehungerten in ein Feinschmeckerlokal zieht und ihn jeden Gedanken an die Unmöglichkeit, seine Zeche zu bezahlen, vergessen läßt. Zusätzlich muß ich sagen, daß ich, auch wenn es mir schwerfällt, eine Erklärung dafür abzugeben, zu Lärisch Vertrauen gefaßt hatte. Seine glatte Art hätte das genaue Gegenteil verursachen müssen.

Die Mischung meiner Gefühle, als ich wieder mit dem auffällig unauffälligen Herrn im Wagen saß und mit ihm zum Hotel Bismarck fuhr, läßt sich vielleicht am ehesten dem Durcheinander der Instrumente beim Einstimmen des Orchesters vergleichen, wo ein jedes seinen Ton sucht, ohne daß man noch weiß, zu welcher Melodie sie sich vereinigen werden, ob zu wagnerschem Grauen oder zu mozartscher Erlöstheit. Die Bilder, die an unserem Auto vorbeizogen, waren an diesem anbrechenden Sommerabend heiter. Die leicht gebräunten Mädchenkörper der heimkehrenden Arbeiterinnen an einer Bushaltestelle, von den schrillen Farben der volkseigenen Textilindustrie nur unvollständig bedeckt, ließen meine Phantasie in ein Leben vorauseilen, das voll unbekannter Reize schien. Als wir die Allee Unter den Linden kreuzten, fiel mein Blick auf das Brandenburger Tor, hinter dem, seltsam entrückt, die Siegessäule zu sehen war, und über der Nike stand wie aufgeklebt die sanft strahlende Orange der Abendsonne. Ich hätte meinen Fahrer gerne gebeten anzuhalten, damit ich bei dem Anblick hätte verweilen können, um mich zu vergewissern, daß die Sonne nicht feststand wie auf dem Banner Nippons, sondern dort im Westen unterging. Ich hätte daraus die allein auf mich bezogene sichere Versprechung entnommen, daß sie am nächsten Tag im Osten aufgehen würde. Ein prüfender Blick auf den stummen Gefährten an meiner Seite überzeugte mich, daß er mich nicht wie Lärisch verstehen würde. So fuhren wir weiter, und der Wagen hielt erst vor dem Hotel Bismarck.

Das Hotel traf so sicher meinen Geschmack, daß ich

aus dem Staunen über Lärisch nicht hinauskam. Es war ein Gründerbau, wenige hundert Meter von der armseligen Neubauprotzerei um den Alexanderplatz gelegen, in eben dem alten, wenn auch etwas verkommenen Viertel um den Luxemburgplatz. Schon beim Eintreten war der so endlos beschriebene und zur Phrase kaputtzitierte Geist des Berlins der zwanziger Jahre zu spüren. Aber eben nur der Geist, der in Muff und Staub, nicht aber in Fleisch und Blut lebt. Der Portier, der hinter der Rezeptionstheke aus abgestoßenem Kirschbaum und oxydiertem Messing bei einem Schmöker saß, schien gleichfalls ein Relikt dieser Epoche zu sein. Ja, unter Berücksichtigung der Tatsache, daß es solche Leute ebenso wie diejenigen, die sie zu bedienen gewohnt waren, nach dem Krieg geradezu automatisch in den Westen gezogen hat, wäre für ihn sogar ein stärkerer Ausdruck angebracht, und man müßte eher von einem Fossil aus jenen Zeiten sprechen, die mir, der ich nach dem Kriege geboren bin, nur aus der Legende bekannt sind. Der Portier war ausgesprochen freundlich und dienstbereit, Eigenschaften, wie sie einem Proletarier der DDR-Hotellerie kaum zu Gesicht stehen. Zwar ist Dienstbereitschaft in der Arbeiter- und Bauernrepublik zu finden, ohne daß man danach suchen müßte, und ich selbst hatte mit ihr in den Mittagstunden dieses Tages die schlimmen Erfahrungen gemacht, die ich hier aufgeschrieben habe. Allerdings beschränkt sich die Selbstverständlichkeit dieser Dienstbereitschaft auf Verhältnisse, in denen die Subalternität dem Staat geschuldet ist, jenem unbekannten Wesen, vor dem gezittert wird wie vor dem Gott, dem Marx den Todesstoß versetzen wollte. Dienst am Kunden aber ist verpönt. Darin kommt einerseits eine proletarische Tu-

gend zu allgemeiner Gültigkeit, etwa in dem Sinne von
»Und weil der Mensch ein Mensch ist / Drum hat er
Stiefel im Gesicht nicht gern / Er will unter sich keinen
Sklaven sehen / Und über sich keinen Herrn«, andererseits steht natürlich der sozialistische Humanismus Kopf,
wenn der Arbeiter in seiner Rolle als Produzent gefeiert,
in seiner Eigenschaft als sich reproduzierendes Wesen, als
Konsument aber wie eine unausrottbare Landplage behandelt wird. In der Gewißheit, einer seltenen Ausnah-
meerscheinung begegnet zu sein, war ich doppelt glücklich über die Freundlichkeit des Portiers, der Josef hieß,
oder zumindest diesen Namen trug. Die Freundlichkeit
in dem faltigen Gesicht unter dem schlohweißen Haar
steigerte sich gar noch, als ich in das Anmeldeformular
unter der Rubrik Beruf »Schriftsteller« eintrug und, wie
es mir Lärisch aufgetragen hatte, erklärte, daß ich einige
Tage in der Hauptstadt zu verbringen hätte, um Verhandlungen mit »Volk und Wissen« zu führen. Meine für
DDR-Verhältnisse extravagante Kleidung mochte in ihm
Erinnerungen an Empfindungen, die er bei Aufkommen
des Tangos oder des Cha-Cha-Cha gehabt hatte, aufkommen lassen, jedenfalls huschte ein Strahlen wie das
der Sonne aus einem Spalt in einem grauen Wolken-
himmel über die zerfurchte Landschaft seiner Züge, als
die Information über meinen Beruf die Wahrnehmung
meiner Person bei ihm zu einem Gesamteindruck zusam-
menfügte. In diesem Moment hatte sich ihm auch für
immer mein Name eingeprägt, der auch nicht mehr aus-
radiert worden wäre, wenn er erfahren hätte, wie unbe-
deutend er in Wirklichkeit war. Ich konnte jedenfalls in
der Folge die eitle Freude genießen, von ihm mit meinem
Namen angeredet zu werden, wenn er mir den Zimmer-

schlüssel gab oder wenn ich ihn um etwas bat, wobei er dem Namen einen Klang verlieh, in dem mehr lag, als ich selbst in Stimmungen äußerster Selbstüberschätzung in ihn hineinzulegen vermocht hätte. So wurde mir eine im Aussterben begriffene Höflichkeit zuteil, auf die selbst wirkliche Berühmtheiten in der Anonymität der großen internationalen Hotels oft verzichten müssen. Josef führte mich über abgetretene, aber einstmals kostbare rote Teppiche zu meinem Zimmer, das noch original möbliert war. Ein französisches Bett im Jugendstil, eine Rarität, dazu zwei kleine Fauteuils und ein Sekretär, der mir durch seinen bloßen Anblick Lust machte, auf ihm eine Sittengeschichte des frühen zwanzigsten Jahrhunderts zu verfassen. Josef öffnete die schweren Samtvorhänge, auf denen die Stockflecken wie ein geheimnisvolles Muster wirkten, und man sah aus dem Fenster auf den Hof, der zwei stattliche Linden beheimatete, von denen eine ihre Zweige bis in die Reichweite des Fensters heranhielt. Als das Fenster Josefs Bemühungen nachgab und sich öffnete, zog der frische Lindenduft angenehm über den stickigen Geruch der vernachlässigten Möbel. Das Bad war großzügig, aber die Zeit hatte in das Porzellan ihre hellbraunen Spuren gezogen. Die Armaturen waren durch volkseigene Fabrikate ersetzt worden, als ob sie eine ironische Demonstration über die groteske Wirkung des Fortschritts geben sollten. Die Heizkörper schienen ganz aus Rost zu bestehen, so daß ich froh war, daß mein Aufenthalt in diesem Domizil von der Vorsehung in den Sommer gelegt worden war.

Da ich noch auf mein Gepäck warten mußte, bat mich Josef in die Bar, wo er mir einen Tee servierte. Ich blätterte, während er in der Teeküche verschwunden war, in den ausliegenden deutschsprachigen Magazinen aus der Sowjetunion, versprach mir aber, als er zurück war, aus einer Plauderei mit Josef die bessere Unterhaltung. Ich erfuhr, nachdem ich nicht ohne eine leichte Irritation einen bayrischen Tonfall in seiner Rede bemerkt hatte, daß er 1931 als junger Kellner von Traunstein nach Berlin gekommen, und daß sein Leben seitdem mit dem Hotel Bismarck verbunden war. Den Krieg, die Teilung Deutschlands hatten sie gemeinsam – er meinte sich und das Hotel – überstanden, und es wird vielleicht das letzte noch nicht gewesen sein, setzte er mit einem Blick hinzu, als rechne er stündlich mit der Rückkehr der Hohenzollern. Freilich hütete er sich, deutliche Bemerkungen zu machen. Unsere Konversation suchte, darin einem Mechanismus folgend, der solche ersten Gespräche dirigiert, nach einer gemeinsamen Erfahrung, in welcher sich der Unterschied der Wahrnehmung zeigen kann. Da ich Traunstein nie besucht hatte, gelangten wir nach München, wo Josef 1930 auf dem Oktoberfest gearbeitet hatte. Schon nach wenigen Sätzen stellte ich fest, daß das Bild, das er aus seiner Erinnerung nachzuzeichnen versuchte, nicht das Bild der Stadt war, die ich als München kannte. Mir wurde klar, daß für ihn die Wirklichkeit hinter dem so bezeichneten Fleck auf der Landkarte ein Roman von Becher war, der mit dem überdimensionalen BMW-Parkplatz, der sich heute dort befindet, wenig zu tun hat. Während er so in seinem München schwelgte, gab ich mir einen leichten Ruck, um nickend die Bestätigung zu geben, nach der seine sich weitenden Augen heischten. Wozu hätte ich seine glückliche Erinnerung zerstören sollen? Ich hätte ja das zerstörte Bild nicht durch ein anderes, sei es auch ein häßlicheres, ersetzen können. Einen Ort, den er nie gesehen hatte, hätte ich ihm vielleicht imaginieren können, hier hätte ich nur ein Loch in seine Geographie gerissen und ihn, ohne mich selbst zu bereichern, beraubt.

Mein Gepäck kam noch nicht, aber Josefs Tee hatte meine Müdigkeit wieder ein wenig vertrieben und den Hunger um so stärker hervortreten lassen. Ich beschloß, die Suche nach einer Mahlzeit, zu der ich mich gezwungen sah, mit der nach Schlitzer, welche ich seit meiner Ankunft im Hotel vergessen hatte, zu verbinden. Ich machte mich auf den Weg zu seiner Wohnung, um ihn dort abzuholen und mit ihm in der Wirtschaft, wo wir bei meinem ersten Besuch so angenehm mit ihm gegessen hatten, die Lage zu besprechen. Schlitzer war nicht zuhause, und mir blieb nichts übrig, als in der Gesellschaft meiner Gedanken, die sich ohne Stütze im Dunkel der Zukunft, die ich mir heraufbeschworen hatte, herumtasteten, mein Abendessen einzunehmen. Als ich ins Hotel zurückkehrte, war mein Gepäck eingetroffen. Ich richtete mich in meinem Zimmer ein, fand zu meinem Erstaunen warmes Wasser in der Leitung, was mir die unverhoffte Annehmlichkeit eines Bades bescherte. Darauf fiel ich ins Bett und war froh, meinen Geist von dem physischen Apparat, dem er durch die Sinnesorgane versklavt ist, erlösen und ihn endlich dem Reich der Träume überantworten zu können.

Das Geräusch einer Alarmsirene riß mich aus dem Schlaf. Das Gefühl, das wir oft haben, wenn wir an Orten erwachen, an denen wir nicht zu erwachen gewohnt sind, war so stark, daß ich zunächst glaubte, nur aus einem Traum in einen anderen, in einen Alp gefallen zu sein. Allmählich erwachte auch das Gedächtnis, und ich konnte das Geräusch als das harmlose Heulen eines Staubsaugers identifizieren, der vor meiner Zimmertür herumfuhrwerkte. Ein Blick aus dem Fenster zeigte den Hof im hellen Licht des Augusttages. Ich suchte nach meiner Uhr im Koffer und fand, nicht ohne leichte Bestürzung, daß es schon nach Mittag war. Um zwei war ich mit Lärisch verabredet. Er hatte mir für unsere Sitzungen neun Uhr früh vorgeschlagen, was ich mit Vehemenz abgelehnt hatte, da ich mir den Vormittag für meinen Schlaf vorzubehalten pflege. Er war ohne weiteres einverstanden gewesen, auf den Nachmittag auszuweichen. Dennoch mußte ich damit bei ihm Mißtrauen erregt haben, wenn er es sich auch mit keiner Miene hatte anmerken lassen. Denn ein bis zum Mittag ausgedehnter Schlaf als Lebensgewohnheit mußte so sehr außerhalb seiner Vorstellungswelt liegen, daß er mich daraufhin nur als einen völligen Sonderling oder als jemanden, der sich Freiräume für gegen ihn gerichtete Aktivitäten verschaffen will, betrachten konnte. So sehr mein Einspruch gegen seinen Vorschlag der Wahrheit entsprach, war ich mir doch über die Wirkung, die er zeitigen mußte, im klaren. Natürlich hätte ich ihn auch belügen und behaupten können, daß ich den Vormittag für bestimmte Arbeiten reserviere, die ich anders nicht absolvieren kann, womit ich meinen Zweck ebensogut erreicht hätte und zudem ehrlicher erschienen wäre. Wenn ich aber so offen war, diese Verschlafenheit als berechtigt zu vertreten, so um ihm Offenheit zu demonstrieren, die immerhin für diesen Vormittag die List enthielt, daß ich auf diese Weise Schlitzer auch für den Fall vor meiner Sitzung mit Lärisch treffen konnte, daß ich ihn abends, womit zu rechnen war, nicht auffinden würde. Mein Schlaf hatte aber nun auch die List besiegt. Es war aus damit, ich mußte zu Lärisch, ohne mich vorher mit Schlitzer absprechen zu können. Es war unnütz, weiter daran zu denken. Übrig blieb das Problem, wie zu dieser Mittagsstunde ein Frühstück zu bekommen war. Mein Vertrauen zu Josef war noch nicht ausgewachsen genug, um ihn am ersten Tag mit einer solchen Zumutung konfrontieren zu können. Das beste war, die Idee des Frühstücks überhaupt fallenzulassen und sie durch ein Mittagessen zu ersetzen. So begann ich den Tag bei Schweinesteak, Erbsen, Salzkartoffeln und Kaffee auf der Frankfurter Allee. Als ich in dem polnischen Restaurant bezahlt hatte, wäre ich nach meiner Rechnung auf dem direkten Wege preußisch pünktlich bei Lärisch erschienen. (»Fünf Minuten vor der Zeit ist die wahre Pünktlichkeit«, heißt es bei dem Dichter der Republik, für den Lärisch solche Anerkennung bezeugt hatte, allerdings in mehr als ironischem Tone, was Lärisch aber nicht daran gehindert haben würde, die Phrase unter Weglassung der Ironie zu zitieren.) Ich wollte aber bestimmte Positionen wahren, so vor allem den Sachverhalt, daß das vitale Interesse auf der Seite von Lärischs Organisation lag und auf meiner nur ein gewissermaßen poetisches. So machte ich der Karl-Marx-Buchhandlung einen Besuch, kaufte ein Exemplar des Buches über Filmmusik, das Eisler mit Adorno in Amerika geschrieben hat, und traf mit der exakten Verspätung des von mir beanspruchten akademischen Viertels bei Lärisch ein.

»Sind Sie aufgehalten worden?« – »Nein, ich habe studiert.« – »Das merke ich.« Lärisch blätterte in meinem Buch. »Man hat geradezu den Eindruck, als ob Sie sich hier hauptsächlich um Unverständlichkeit bemüht hätten. Aber einen alten Hasen wie mich können Sie damit natürlich nicht aufs Kreuz legen.« – »Ich hatte nicht die Absicht, Sie aufs Kreuz zu legen, als ich diese Zeilen, die mir selbst heute stellenweise wirr erscheinen, niederschrieb.« – »Gut, 1:0 für Sie. Cognac?« – »Ein Kaffee wäre mir lieber.« Während er telefonische Order gab, führte ich im stillen seinen Vergleich mit dem Tierreich fort und fand, daß er mich mit dem »alten Hasen« auf eine falsche Fährte locken wollte. Mir fiel nämlich zum ersten Mal seine Himmelfahrtsnase auf, die eine frontale Einsicht in die großen Nasenlöcher gestattete und ihn sehr viel mehr einem alten Schwein ähneln ließ. Wie sich aber herausstellte, war auch diese Fährte falsch, denn er war nichts anderes als ein alter Fuchs, der gelassen den Faden, den er eingefädelt hatte, durchzog. »Um Sie noch weiter in Vorlage zu bringen, schieße ich gleich dazu noch ein Eigentor. Welche Stelle, dachten Sie, würde sich ein blöder Stasi-Agent aus ihren interessanten und weitgespannten Betrachtungen über die von Hegel verknüpfte Tragödien- und Entfremdungstheorie herauspicken?« – »Ich nehme an, die, wo es um die Entfremdungstheorie bei Marx geht.« – »Selbstverständlich, also 2:0 für Sie.« – »Zählen Auswärtstore doppelt?« – »Da es kein Rückspiel geben wird: nein.« – »Wollen wir Rhetorik üben, oder wollen wir diskutieren?« – »Wenn Sie so weitermachen, komme ich nie zu meinem Anschlußtreffer. Also Scherz beiseite. Um der Sache etwas mehr Gehalt zu geben, schlage ich vor, Sie lassen mich eine Passage zitieren. Also hier heißt es zum Beispiel: ›Das entfremdete Arbeitsverhältnis des Kapitalismus abschaffen heißt daher nicht, die Arbeit abschaffen, sondern die Arbeitslosigkeit abschaffen. Nichts anderes ist in den Ländern geschehen, wo der Sozialismus aufgehört hat, eine gegen die Wirklichkeit festgehaltene Möglichkeit zu sein und wirklich geworden ist. Mehr ist vom Sozialismus grundsätzlich nicht zu erwarten‹ –.« Lärisch wurde von der bekannten Mitvierzigerin unterbrochen, die mit dem Kaffee hereinkam. Damit sie mir meine Tasse hinstellen konnte, mußte ich das Buch, das ich mir gekauft und vom Packpapier befreit hatte, um Lärischs Reaktion darauf zu prüfen, zur Seite rücken, so daß er jetzt den Titel lesen konnte. Er reagierte prompt. »Sie wollen mich daran erinnern, daß selbst Leute, die uns Nationalhymnen komponiert haben, ihre Flirts mit der Frankfurter Schule hatten. Vergessen Sie aber, bitte, nicht, daß wir hier nicht in Hollywood sind. Wo war ich stehengeblieben? ›Mehr ist vom Sozialismus grundsätzlich nicht zu erwarten‹, schreiben Sie, ›und wer sich darüber wundert, daß die Arbeit in den sozialistischen Ländern nicht zur Autonomie der Arbeiter geführt hat, wundert sich im Grunde darüber, daß er nicht der liebe Gott ist.‹ – Nebenbei, wer ist ›er‹? Der Arbeiter oder der, der sich wundert? ›Die Arbeit macht dortzulande‹ – Sie meinen: hierzulande – ›auch nicht mehr Spaß als hier‹ – Sie meinen: dort – ›aber sie bringt doch im großen und ganzen weniger Verdruß, weil weniger gearbeitet wird, was allerdings zur Folge hat, daß das Einkaufen um so weniger Spaß und desto mehr Verdruß macht. Es kann übrigens bemerkt werden, daß die betroffenen Arbeitermassen sich augenscheinlich für das Entfremdungsproblem nicht mehr interessiert haben als ihr Mentor Lenin, der ja bei Marx am Fetischkapitel vorbeigelesen hat. Sie haben von ihrer Entfremdung so wenig Notiz genommen wie von deren Abschaffung. Eine Umfrage unter deutschen Arbeitern in Ost und West unter der Frage: Sind Sie entfremdet? dürfte solange auf weitestgehende Indifferenz stoßen, bis findige Soziologen auf die Idee kämen, die Frage umzuformulieren in: Sehen Sie sich die Werbesendungen im Fernsehen an? und zu dem Ergebnis kommen müßten, daß die Arbeiter im Osten entfremdeter sind, weil sie mit größerer Aufmerksamkeit die Werbung im Westfernsehen verfolgen.‹

Ob das humorvoll ist, kann ich nicht beurteilen, da mir der entsprechende BRD-Humor dazu abgeht. Mir scheint aber, und darüber wollte ich von Ihnen Auskunft, daß Sie etwas sehr Wichtiges übersehen haben.« Er blinzelte sehr schlau mit seinen Schweinsäugelchen, und ich hielt nur mit Mühe ein Prusten zurück, das sich langsam, aber sicher in meinem Hals ausbreitete. Tatsächlich hatte er fast allen Respekt, den er mir bei unserer Begegnung am Vortag eingeflößt hatte, der anschließend in mir durch mein Nachdenken über ihn noch angewachsen war, mit einem Schlag verloren, indem er seinen Zeigefinger wie ein Inquisitor auf die Stelle richtete, an der ich aus einer provokativen Laune meine Meinung über die DDR unbedeckt hatte zur Schau stellen wollen. Ich war gespannt, wie die Aufklärung darüber, was ich hier wohl übersehen hätte, ausfallen würde und beschäftigte mich schon damit, wie ich dem unweigerlich zu erwartenden Lachreiz vorbeugen könnte. Ich versuchte mich völlig zusammenzunehmen und fragte ihn mit schlecht gespielter Ahnungslosigkeit: »Was habe ich übersehen?« – »Sie übersehen, daß im Sozialismus der Widerspruch, den Marx als die kapitalistische Entfremdungssituation des Arbeiters begriffen hat, in veränderter Gestalt wiedererscheint. Der Arbeiter ist bei uns als der Inhaber der politischen Macht, sagen wir ruhig, als Bürger des sozialistischen Staates, Teil des kollektiven Eigentümers an den Produktionsmitteln. Das ist die eine Seite des Widerspruchs. Die andere Seite ist, daß derselbe Arbeiter, ökonomisch betrachtet, als Träger von Arbeitsvermögen, von Arbeitskraft ein Teil des kollektiven Eigentums ist, das heißt, er ist zugleich Eigentümer und Eigentum.«

Damit hatte er mich kalt erwischt. Ich brauchte mir jetzt keinerlei Mühe mehr geben, mein ansetzendes Gelächter zurückzuhalten, es war spurlos verschwunden. Vielmehr richtete sich meine Anstrengung nun darauf, das Blut daran zu hindern, aus meinem Gesicht zu weichen, um nicht durch Blässe meine Demut einzugestehen. Lärisch hatte mit diesem Schlag, der mir schon mehr wie ein Coup erschien, den Respekt nicht nur zurückerobert, er hatte ihn verdoppelt. Da er nun in nobler Grandesse die Gelegenheit ausließ, meine momentane Sprachlosigkeit auszukosten, sondern vielmehr, als habe er nur eine ganz beiläufige Beobachtung gemacht, zum nächsten Punkt überging, war er auf dem besten Weg, diesen Respekt zu verdreifachen. Ich befand mich etwa in der innerlichen Konfusion eines Schachspielers, der entspannt mit lächelnder Miene eine Partie gegen einen vermeintlich weit unterlegenen Gegner exekutiert und von diesem durch einen unvermuteten Zug mit einer kaum mehr abzuwehrenden Mattdrohung konfrontiert wird. Lärisch, der fortfuhr, aus meiner Schrift zu zitieren, hatte nicht nur im buchstäblichen, sondern auch im übertragenen Sinne das Heft in der Hand. Dadurch, daß er mir die Auskunft über die von ihm angeführte Stelle erließ und direkt weitermachte, brachte mich das Nachdenken über seinen Einwand – ich hätte ja nur beipflichtende Floskeln stammeln können, wenn ich zu Wort gekommen wäre – in weiteren Verzug. Es half also nichts, wenn ich die Entgleisung, auf die er mich aufmerksam machte, bedauerte, denn die dünne Pointe, die ich mir auf Kosten der von ihm völlig richtig angebrachten Reflexion in meinem ansonsten auf theoretische Hermetik bedachten Text geleistet hatte, hätte mir in diesem Augenblick nur schmerzende Peinlichkeit bereiten können, was mich wiederum blind für die plazierten Schläge meines so sträflich unterschätzten Gegenübers gemacht haben würde, die mich jetzt mit Sicherheit erwarteten. Der Treffer mußte also auf die Weise eingesteckt werden, daß er nur alle bis dahin von meiner Überheblichkeit im Schlummer belassenen geistigen Kräfte auf den Plan rief, wenn ich die Sitzung nicht wie der Schüler im Faust verlassen wollte, den Mephisto so in die Ecken jagt, daß er hinterher nur sagen kann: Mir wird von alledem so dumm, als ginge mir im Kopf ein Mühlrad um. Tatsächlich wurde ich mit einem Mal so wach, als hätte ich fünf Kannen Kaffee auf einen Schluck getrunken. Ich lauschte ihm jetzt mit der Anspannung eines Studenten in einer für ihn lebenswichtigen Prüfung. »Sie schreiben weiter: ›Der Intellektuelle ist wie der Lohnarbeiter ein der Moderne eigener Typus. Man wird seinen mittelalterlichen Vorgänger, den Kleriker, nicht als Intellektuellen bezeichnen wollen. Der Typus des Intellektuellen entsteht vielmehr durch dessen Untergang, als mit Gutenberg und der Tendenz zum Zweitbuch auch die geistige Arbeit im Zuge der bürgerlichen Entwicklung unter die Maxime der erweiterten Reproduktion zu stehen kommt. Zwar wurde die Aufgabe der Herstellung sozialer Verbindlichkeit geerbt, aber wie die bürgerliche Gesellschaft der feudalen Herrschaft Todfeind war, so zeichneten ihre Sprecher, die als Aufklärer den Klerus bekämpften, die entgegengesetzten Tugenden aus. Nicht Treue im Glauben, sondern Kritikfähigkeit, nicht Weltvergessenheit, sondern Aktualität, nicht Unerschütterlichkeit, sondern Mut zum Zweifel zeichneten den Intellektuellen gegenüber dem Kleriker aus; und es sind bis heute diese Qualitäten sein Markenzeichen geblieben.‹ Sie versuchen hier, die Rolle des Intellektuellen im Kapitalismus mit der Rolle des Intellektuellen im Sozialismus zu vergleichen. Ein kleines Stück weiter unten nehmen Sie diesen Vergleich sogar ganz direkt vor: ›Es soll nun auch gesagt werden, weil vorhin die sozialistischen Länder aus der Perspektive des Arbeiters so gut wegkamen, daß dem Intellektuellen allerdings dort die Produktionsbedingungen entzogen sind. Die Abschaffung der geistigen Konkurrenz und rückkehrende Scholastik haben dort den Reichtum einer modernen Tradition liquidiert, die nur noch im Glaskasten des sog. kulturellen Erbes als Kabinett toter Hunde zur Schau steht.‹ Abgesehen davon, daß dieser Vergleich meinem laienhaften Verständnis nach in Ihrem Diskurs keinerlei zwingende Berechtigung hat, habe ich Bedenken, über die wir reden sollten. Sie sagen, der Intellektuelle sei ein Typus der Moderne. Das hört sich mit dem, was folgt, so an, als würden Sie den Sozialismus nicht zur Moderne rechnen. Das können Sie von mir aus tun, ich habe nie sonderlich viel mit dieser ›Moderne‹, ›Post-Moderne‹, ›Post-Post-Post-Moderne‹ anfangen können. Ich will auf etwas anderes hinaus. So wie Sie in Ihrem Text argumentieren, besteht die Aufgabe des bürgerlichen Intellektuellen darin, ein ideelles Gemeinwesen

93

zu erzeugen, nicht bloß, um die Arbeitsteilung zu kompensieren, sondern auch, um den ökonomischen Atomismus zu überwinden. Da, wie Sie richtig sagen, in der bürgerlichen Gesellschaft diese Gesellschaft immer vom Individuum her konstruiert werden muß, so muß auch – das ist Ihr Argument – die Kohäsion, welche von den Intellektuellen im wahrsten Sinne künstlich produziert wird, in einem offenen System entstehen, in welchem der Intellektuelle handelt wie ein Privatunternehmer.« – »Das ist der exakte Gang der Gedanken«, sagte ich im Bluff, um ein Tempo zurückzuholen. »Gut. Nun ist aber das Privateigentum kein individuelles Phänomen, sondern ein Klassenmerkmal.« – »Es würde mir nicht einfallen, etwas anderes zu behaupten.« – »Gut. Dann gehört aber der Intellektuelle aufgrund des Merkmals, kein Privateigentum an den Produktionsmitteln zu besitzen, zur Arbeiterklasse. Die einzige logische Konsequenz, die man daraus ziehen kann, ist die, daß der Intellektuelle zu seinem Beruf erst im Sozialismus kommt. Denn im Kapitalismus, das sagen Sie ja, wenn auch auf unverständliche Art, ist er einzig dazu da, das von den Kapitalisten angeeignete Gemeinwesen im Geiste wieder herzustellen.«

Die Diskussion, die sich hieran anschloß, glich, wie es solche Debatten meist an sich haben, einem Ringen, in dem durch Mattenflucht und andere Kniffe das Schultern ausbleibt. Da keine Richter anwesend waren, die zwischen Lärisch und mir die Punkte hätten verteilen können, endeten wir beide bei Marx und Engels, ohne daß die Verschiedenheit der Meinungen in letzter Deutlichkeit hervortrat, geschweige denn beseitigt worden wäre. Doch führte mich Lärisch zu einer Revision meiner Einschätzung der Rolle des Intellektuellen im Sozialismus, die ich dort so forsch zum Ausdruck gebracht hatte. Daran hatten seine so unerwartet starken Einwände nicht einmal so großen Anteil wie sein eigenes Beispiel, das mich Lügen strafte, ohne daß er es in der Diskussion verwenden konnte. Die Beweglichkeit und die Möglichkeit, alles über Jahrhunderte als gesichert geltende Wissen zugunsten einer neuen Theorie über Bord zu werfen, die mir das Unterpfand der intellektuellen Potenz des Westens gewesen waren, konnte ich bei ihm finden, bei ihm: dem Repräsentanten der marxistisch-leninistischen Inquisition, des hohlen Dogmas, das den Geist, der nur in Freiheit atmen kann, erstickt. Er besorgte mir die Verwirrung aller Begriffe, die ich für so heilsam hielt, daß ich die freiheitlich-demokratische Grundordnung mehr als einmal angebetet hatte, mich mit diesem Geschenk zu versorgen. Hinter jedem Satz, den ich mir, als ich von der Staatssicherheit zu meinem Hotel zurücktrottete, vorsagte, um wieder ein Stück festen Boden zu erreichen, von dem aus eine Neuordnung meiner Gedanken vorzunehmen wäre, stand ein dickes Fragezeichen. Schmerzhaft dicke Ausrufezeichen dagegen erschienen hinter den Wendungen, in denen ich mir mein komplettes Versagen vorwarf, das allerdings als gesichert und als ewige Wahrheit gelten konnte. Erst jetzt kam mir zu Bewußtsein, wie sehr Lärisch auf mich eingegangen war, während ich ihm gegenübergetreten war, als hätte ich einen schlecht programmierten Computer vor mir. Schon daß er sich auf einen Terminus wie »Intellektueller« eingelassen hatte, obwohl sein Jargon solchen Individualismus gar nicht zuläßt und nur über das Pluraletantum »Intelligenz« verfügte, bedeutete doch, daß er über seinen Schatten gesprungen war, mit welchem ich, dümmer als jener Kunde des Diogenes, diskutieren wollte. Mein Blut erwärmte sich, als ich daran dachte, wie abgeschmackt das, was er mir vorgelesen hatte, eigentlich war. Hätte ich mich nicht darauf berufen können, daß ich als Ausländer Immunität genoß, Lärisch hätte mich wegen staatsfeindlicher Hetze für Jahre hinter Gitter bringen können! Es wäre mir nur rechtgeschehen, denn Dummheit muß ja bestraft werden! Nachträglich schämte ich mich auf den Grund meiner Seele, daß ich mich nicht geschämt hatte, als ich Lärisch gegenübersaß. Erst jetzt stieg mir die hitzige Röte in die Backen, für die Passanten, die sich die Zeit genommen hätten, den »Bundi«, der mit nach innen gekehrtem Blick an ihnen vorbeizog, etwas genauer anzuschauen, sicher keine Erklärung gefunden hätten. Ich war so sehr mit mir selbst beschäftigt, daß ich schon an der S-Bahn vorbeigelaufen war, als mir auffiel, daß ich in meinem Hotel gar nichts zu suchen hatte, vielmehr dringend zu Schlitzer mußte. Ich sah schon das blaue Schild der U-Bahn-Station Rosa-Luxemburg-Platz, auf das ich nun zusteuerte, damit ich nicht wieder den ganzen Weg zum Prenzlauer Berg zu Fuß zurücklegen mußte. Auf der Treppe hinunter zum Schacht war ich schon wieder so in der Glocke der Gedanken, die um mich kreisten, gefangen, daß ich an einem alten Bekannten vorbeiging, ohne ihn zu erkennen. Immerhin merkte ich noch in meinem Rücken, daß der kleine Mann hinter mir stehengeblieben war. In einer automatischen Reaktion wendete ich meinen Kopf über die Schulter, war aber schon etliche Stufen weiter, als endlich der Groschen fiel.

Knut Kallrath! Das war der Mann, der oben im Sonnenlicht am Ende der Treppe stand und mir nachsah, wo er mich im Dunkel des U-Bahn-Eingangs kaum mehr erkennen konnte. Ich eilte die Stufen zurück, um ihm die Hand zu drücken. Ich war mindestens ebenso überrascht, ihn hier zu treffen, wie er. Dabei war es nur zu wahrscheinlich, ihm hier über den Weg zu laufen, da er geradewegs vor seinem Arbeitsplatz stand, denn er war Regisseur an der Volksbühne. Wenn ich verwundert war, ihn zu treffen, so hatte das seinen Grund darin, daß wir uns nie in der DDR, seiner Heimat, seinem natürlichen Milieu sozusagen, begegnet waren, und ich wäre möglicherweise auch in einer aufmerksameren Verfassung an ihm vorübergelaufen, da ich hier, wo er hingehörte, überhaupt nicht mit ihm rechnete. Kennengelernt hatte ich ihn in der Kantine eines westdeutschen Theaters, wo ich kurze Zeit als Dramaturg arbeitete. Ein anderer DDR-Regisseur, der dort damals als Gast inszenierte, hatte ihn mitgebracht. Auch ohne diese Einführung hätte man in ihm auf den ersten Blick den Ostdeutschen erkennen können, so exotisch war die Ausstrahlung, welche von ihm ausging, als ich ihn an seinem Tisch sitzen sah. Von seinem bloßen Anblick war ich sofort von dem Wunsch erfüllt, ihn kennenzulernen. Die Bescheidenheit, die von ihm ausging, war unter den von zur Schau getragener Eitelkeit erfüllten Schauspielern, die sich auf ihre Anwesenheit in jenem Ensemble, das seinerzeit ausgesprochen erfolgreich war, allein so viel zugute hielten, daß kaum mehr mit ihnen zu reden war, derart hervorstechend, daß über seine Zugehörigkeit zu einem anderen System kein Zweifel bestehen konnte. War nun die vermutete DDR-Staatsbürgerschaft, die sich gleich darauf bestätigte, allein schon Grund genug für mich, seine

Bekanntschaft zu wünschen, so kam noch ein zweites Element seiner Exotik hinzu, und das war seine Physiognomie. Der Kopf, der auf dem kleinen Körper saß – man war fast geneigt, für seinen Fall von einem »Männlein« zu sprechen, so sehr entsprach seine Statur derjenigen, unter der man sich Rumpelstilzchen vorzustellen pflegt –, war wahrhaft erstaunlich. Unter einer exorbitanten Stirn hingen zwei zottelige graue Brauen, die so lang waren, daß sie bis unter die Augen reichten, so daß er sie in einer wie das Zucken der Lider unwillkürlich gewordenen Bewegung von Zeit zu Zeit aus dem Blick streichen mußte. Ein gleichfalls monströser Schnauzer gab dem Gesicht den Rest und brachte es auf einen Ausdruck, der für den Betrachter einen solchen Anschein von Wahnsinn erweckte wie etwa die photographischen Porträts von Nietzsche. Die knollige, pockige und blaurot durchäderte Nase, die den Alkoholiker verriet, bot zwar einen Anhaltspunkt, das erschreckend Unbekannte dieses Gesichts auf ein bekanntes Phänomen zurückzuführen, jedoch wäre diese Erklärung zu einfach gewesen, als daß sie meinen erregten Forschergeist befriedigt hätte. Ich mußte herausfinden, wer dieser Mann und was seine Lebensumstände waren. Da nun sein Alkoholismus ausgemacht war, sah ich keine Schwierigkeit mehr, dies zu erreichen. Ich ging einfach zur Theke der Kantine, ließ mir ein paar Schnäpse einschenken und setzte mich mit diesem Proviant an den Tisch, wo er sich mit dem befreundeten Regisseur unterhielt. Die Schnäpse wurden gekippt, und in einer fast verhörartigen Weise begann ich forschende Fragen zu stellen, um aus ihm etwas herauszubekommen, wobei ich von einem jungen Schauspieler unterstützt wurde, der an jenem Theater eine Außenseiterstellung und ein dem meinen ähnliches Interesse an der DDR und ihren Bewohnern hatte. Da die naheliegendste Vermutung, nämlich die, daß er Schauspieler sei, von ihm nicht bestätigt wurde, er aber auf jeden Fall zur Welt des Theaters gehören mußte, tappten wir eine Weile im dunkeln. Er kam nicht heraus mit der Sprache, schüttelte nur den Kopf auf unsere Fragen, die ihn einmal für einen Bühnenarbeiter, ein anderes Mal für einen entlaufenen Zirkusclown hielten. »Den Regisseur glaubt mir ja keiner.« Tatsächlich waren wir nicht auf den Gedanken gekommen. Der Regisseur, den er besuchte, hatte sich in eine andere Richtung unterhalten, aber mit einem Ohr bei uns zugehört, bestimmt nicht ohne sich gehörig dabei zu amüsieren, denn jetzt drehte er sich zu uns und gab die fällige Erklärung, die zugleich eine Vorstellung war, auf die wir stolz sein konnten: »Das ist Knut Kallrath.« Er hatte das ganz einfach gesagt, aber in meinem Gehörgang war eine Stafette von dicken Ausrufezeichen dazugetreten, die noch minutenlang nachhallte. Das rührte daher, daß mir der Name sattsam bekannt war; allein ihn in eine so restlose Verbindung mit der Person zu bringen, die ich vor mir hatte, bedeutete eine kleine Revolution in meiner Vorstellungswelt, die eine gewisse Zeit in Anspruch nahm. Ich hatte nämlich einige seiner Inszenierungen gesehen, die mir außergewöhnlich imponiert hatten. Die Brillanz und die Übersicht, mit welcher die Schauspieler geführt waren, hatten für mich aber eine unumstößliche Tatsache sein lassen, daß ein Despot, ein Dompteur von Herkulesstatur dahinter stehen müsse. Jetzt saß da dieser kleine Mann, dem wir eher aus Mitleid einen Schnaps spendiert, als ihn um ein Autogramm gebeten hätten! Freilich war die damalige

Revolution längst abgeschlossen und der Widerspruch in mir zum Ausgleich gelangt, als ich Knut Kallrath auf dem Luxemburgplatz wiedertraf. Längst hatte meine Projektion die Heldentaten des Regisseurs, die ich so bewundert hatte, in diesem sonderbaren Gesicht untergebracht. Er hatte aber erneut etwas Fremdes und Undurchdringliches für mich, als wir uns am Ausgang des U-Bahnhofs gegenüberstanden. Ich erinnerte mich, daß er bei den Begegnungen, die ich anschließend an diese erste im Westen noch mit ihm gehabt hatte, zutraulicher wirkte. Jetzt verspürte ich den leisen Eindruck, als ob meine Anwesenheit, obwohl ja er derjenige war, der stehengeblieben war, irgend etwas Quälendes für ihn hatte.

Wenn ich gesagt habe, daß es eigentlich nicht unwahrscheinlich war, Knut Kallrath vor seinem Arbeitsplatz zu begegnen, so muß ich hinzufügen, daß es das wegen des Monats, in dem wir uns befanden, eigentlich doch war, denn es war der Monat der Theaterferien. So zog Knut Kallrath denn auch ein Gesicht, als ich ihn fragte, was er im August im Theater mache, wo doch ordentliche Theaterleute an der Ostsee, noch ordentlichere am Schwarzen Meer und die allerordentlichsten an der Côte d'Azur zu sein pflegen. Ich erfuhr, daß seine Inszenierung des Menschenfeinds auf Gastspiel in die Sowjetunion eingeladen war und daß ein Schauspieler, der erkrankt sei, umbesetzt werden müsse. Später erfuhr ich, daß dieser Schauspieler in Wahrheit gar nicht krank gewesen war, sondern bei dem vorausgehenden Gastspiel in Mailand um politisches Asyl gebeten hatte. Als er mich fragte, was mich denn in die Hauptstadt brächte, war ich einen Moment versucht, ihm die Wahrheit zu sagen, unterließ es aber, nicht nur weil ich ihm die Geschichte nicht so zwischen Tür und Angel erzählen konnte, sondern weil ich begann, an meine neue Identität zu glauben. »Ach, du weißt noch gar nicht, daß ich neuerdings auf freier Schriftsteller mache«, sagte ich, indem ich eine ostdeutsche Wendung benutzte, die ich gehört hatte, wenn Leute ausdrücken wollten, man habe sie mit ihrer Tätigkeit nicht voll und ganz zu identifizieren, es handele sich vielmehr um eine beiherspielende Beschäftigung. Ich glaubte, bei ihm ein leichtes Stutzen zu bemerken, als ich hinzufügte, daß eine Veröffentlichung in der DDR im Gespräch sei. Seine für mich so ungewohnte Zurückhaltung hinderte Knut Kallrath nicht daran, mich auf die Probe einzuladen, zu der er unterwegs war. Wenn ich von seiner Reserviertheit aber annahm, daß sie ihre Ursache darin hatte, daß er mir die Verbindungen zur Staatssicherheit unterstellte, die ich wirklich unterhielt, so war das meinerseits eine falsche Unterstellung. Wie man sehen wird, fanden wir nämlich ganz zu der bekannten Herzlichkeit zurück. Ich hatte nur vergessen, in Rechnung zu stellen, daß er sich bei unseren Begegnungen im Westen in der gehobenen Stimmung einer Auslandsreise befunden hatte, die ihn offener für Fremde machte, als es hier, wo er den ausgetretenen Pfaden der Gewohnheit folgte, der Fall sein konnte. Auf Reisen sind wir Fremde und suchen die Nähe der Menschen, deren Plätze wir besuchen, da sie, die uns sonst so gleichgültig sind, für uns wie für sie Fremde und damit uns verwandt werden. Gleichwohl war das eine Erklärung, die ich erst später fand, und in diesem Moment hatte Knut Kallraths Sprödigkeit vor allem den Effekt, daß ich ihr abhelfen und vertrauter mit ihm werden wollte, so wie wir bei Frauen erleben, daß wir uns verlieben, weil sie sich uns entziehen, während sie in unserer Nähe sind. Das gab den Ausschlag dafür, daß ich, nachdem ich mich kurz beraten hatte, ob ich mein Zusammentreffen mit Schlitzer abermals aufschieben und damit riskieren könne, ihn erneut nicht vor Lärisch zu sehen, seine Einladung auf die Probe annahm. Ich fand plötzlich, daß es ohnehin sehr unwahrscheinlich war, Schlitzer um diese Tageszeit in seiner Wohnung anzutreffen.

Wir gingen um das Theater herum zum Bühneneingang, und ich hatte nun zum ersten Mal in meinem Leben das Vergnügen, ein DDR-Theater von innen zu sehen. Die Diskrepanz zwischen dem Glanz und der Farbenpracht der Bühne und der bürgerlichen Eleganz des Zuschauerraums, der Balkone und Foyers einerseits und der nüchtern technischen Einrichtung des Theaterinneren andererseits, schien mir ungleich größer, als ich es in westdeutschen Theatern erlebt hatte. Schon die Pförtnerloge war von der Schäbigkeit einer S-Bahn-Kartenverkaufsstelle oder eines Empfangs in einer Stundenpension auf der Potsdamer Straße. Die Tristesse der Gänge, über die ich Kallrath folgte, war noch gesteigert durch die ausgestorbene Stimmung der Sommerferien, in denen nur für die außerplanmäßigen Umbesetzungsproben eine Art Notdienst betrieben wurde. Die Probe fand auf der Bühne statt, und so war die abstoßende Atmosphäre dessen, was sich hinter ihr verbarg, gleich wieder vergessen. Zur Übernahme der Rolle des Alceste hatte man einen der ersten Schauspieler der Republik aus den Ferien geholt, mit dem Knut Kallrath viele erfolgreiche Produktionen bestritten hatte. Man konnte aber, wenn man davon nicht wußte, bei der Probe, deren Zuschauer ich wurde, meinen, er halte ihn für die unbegabteste Charge, die ihm je untergekommen war. Er unterbrach kaum, saß nur in der dritten Reihe, so daß man ihn von der Bühne gut sehen konnte, die Ellenbogen auf die Knie gestützt, und raufte mit den Händen in seinem buschigen grauen Haar. Der Schauspieler, dem das zuviel wurde, unterbrach endlich eigenmächtig sein Spiel und fragte an, ob das, was er gerade gemacht hatte, gut sei. Knut Kallrath sah nur einmal kurz zu ihm auf – so als sei alles so schlimm gewesen, daß er gar nicht hatte hinschauen können –, steckte den Kopf wieder unter die wühlenden Hände und gab halb grunzende, halb schnaufende Laute von sich, so daß man meinen konnte, er verfüge überhaupt über keine menschliche Sprache. Ich bedauerte, von meinem Platz aus das Gesicht verpaßt zu haben, das er dem Schauspieler gemacht hatte; soviel sich davon in der Miene des armen Mannes auf der Bühne widerspiegelte, mußte es furchtbar gewesen sein. Im selben Stil setzte sich die Probe über zwei Stunden fort. Ich bemerkte, wie der innere Druck in dem Schauspieler beständig anstieg und erwartete eine Explosion. Nichts dergleichen geschah. Vielleicht hatte der Schauspieler früher einmal den Versuch unternommen, Knut Kallrath durch einen Wutanfall aus der Fassung zu bringen und zur Sprache zu zwingen, es dann aber aufgegeben, weil dieses Ziel nicht zu erreichen war. Mittlerweile hatte er sich an diese Art seines Regisseurs gewöhnt, der damit die Spannung des Schauspielers erhöhte. Es war einfach eine Methode, die Intensität seines Spiels zu steigern, so wie bei alternden Paaren die Mürrischkeit die einzig verbleibende Weise ist, die von sich aus völlig uninteressant gewordene Liebe dennoch zu erhalten. Für mich hatte die Szene ihre eigene Komik, womit sie die molièrsche in gewisser

103

Weise noch übertraf, darin, daß der Alceste um die Aufmerksamkeit seines Regisseurs bemüht blieb, während dieser der eigentliche Misanthrop zu sein schien. Alles, was er zur Sprache brachte, war: »Morgen früh um elf in alter Frische«, womit die Probe beendet war. Ich ging von meinem Platz in der letzten Reihe zu Knut Kallrath, und er sah mich, den Kopf leicht zur Seite geneigt, verschmitzt fragend an. Was mir einfiel, war: »Bei dir möchte ich aber auch kein Schauspieler sein.« – »Regie ist ein Beruf«, sagte er und nach einer Pause: »Schauspiel auch.« Dann kam wieder eine Pause, die ich erst aus einem Impuls mit einer Banalität füllen wollte, wovon ich dann aber abstand, da ich anfing, in dergleichen eine westdeutsche Unsitte zu erblicken. »Gehen wir essen«, sagte er schließlich. Ich dachte einen Augenblick daran, mich zu entschuldigen, entschied mich aber, vor Mitternacht dem »WC« einen Besuch zu machen, was ich für das Geeignetste hielt, um Schlitzer zu treffen, auch wenn ich schon einrechnete, daß ich dann schlecht mit ihm würde sprechen können, da er höchstwahrscheinlich dann schon ziemlich betrunken war. So ging ich mit Knut Kallrath zur »Klause«, der »Speisegaststätte« gegenüber der Volksbühne, aber keineswegs, um dort zu essen, sondern nur, weil er etwas gegen seinen »Durst« einnehmen wollte. Ich fühlte mich animiert, es ihm gleichzutun, auch wenn die Schnäpse bei mir, der ich nicht aus Gewohnheit trinke, eine andere Wirkung erzielten. Für unser Abendessen schlug er die »Möwe«, den Klub des Künstlerverbandes, vor. Wir hatten dazu einen Spaziergang durch das Stadtzentrum zu machen. Um die übliche Plauderei einzuleiten, fragte ich ihn nach seinen nächsten Vorhaben. »Richard II.«, sagte er.

Es gibt Momente im Leben, in denen wir durch die Wiederbegegnung mit einem alten Bekannten, mit einem Lied, einem Bild oder auch nur mit einem Gegenstand, dem wir schon früher eine bestimmte Bedeutung beigemessen haben, unseren Lebensweg als einen bestimmten zu erkennen glauben, dessen Sinn und Ziel wir zwar nicht verstehen, dem wir aber doch so folgen, als kennten wir sie, da wir ja durch die wiederkehrenden Zeichen bestätigt werden. So ging es mir mit diesem Stück von Shakespeare. Meine erste intensive Beschäftigung mit ihm war das letzte Glied in einer Kette von Fehlkonstruktionen. Ich war in meinem ersten jugendlichen Entschluß, Schriftsteller zu werden, in die Westberliner Universität eingetreten, worin die erste Fehlkonstruktion bestand. Da mein ganzer Sinn auf das Theater gerichtet war, stand auch die Gattung fest, in welcher ich mich zu beweisen hatte: ich mußte Dramatiker werden. Da ich den Weg zu diesem Ziel, um sicher dorthin zu gelangen, mit einiger Systematik zurücklegen wollte, legte ich mir ein eingehendes Studium der Größten des Welttheaters auf. Da ich in der Schule kein Griechisch gelernt hatte und mir überhaupt Sophokles damals sehr fernlag, schob ich ihn für eine spätere Periode auf und machte den Anfang mit Shakespeare. Ein englischer Gastdozent bot in jenem Semester ein Seminar über Richard II. an, und da die Geschichte zu den Fächern gehörte, denen ich meine Aufmerksamkeit widmen zu müssen glaubte, paßte es genau in meinen Plan, die Pflichten eines jungen Studenten mit den ersten Schritten des Literaten zu verbinden. Ich unternahm die ausgedehntesten Ausflüge in die historische Literatur über das England des 14. Jahrhunderts, studierte Quellen, las Froissart,

Chaucer, Wiclef, kurz alles, was zeitlich und örtlich benachbart war, wobei ich dem Bauernaufstand von 1381 besondere Aufmerksamkeit schenkte. (Vielleicht verdankte ich die tiefe Sympathie, welche ich diesem Ereignis entgegenbrachte, zu einem Teil der Tatsache, daß die Bücher mich anzuöden begannen, da sie kein Ende zu nehmen schienen und mir so Grund gaben, dafür Verständnis aufzubringen, daß die revoltierenden Bauern jeden, der lesen und schreiben konnte, augenblicklich aufknüpften.) Diese zum erheblichen Teil unerquickliche Forscherarbeit sollte die Vorbereitung zu einer Bearbeitung des Shakespeare-Stückes werden, die ich mir vorgenommen hatte. Der noch von keiner Arbeit und keiner Erfahrung gebremste Tatendrang des jugendlichen Phantasten ließ mich meinen, daß das, was Brecht mit Marlowes »Eduard II.« recht war, mir mit Shakespeares »Richard II.« nur billig sein könne. Um aber doch die Hybris, welche darin lag, als zwanzigjähriger Hanswurst Hand an einen der größten Dichter aller Zeiten legen zu wollen, einigermaßen abzumildern, beschloß ich, meinen Respekt dergestalt zu zollen, daß ich zunächst einmal eine Übersetzung des Textes vornahm, was an sich selbstverständlich schon die reine Hybris war, für die mich unverzüglich der Blitz hätte treffen müssen. Später wollte ich diese Übersetzung mit Teilen aus einem anonymen Stück über den Bauernaufstand aus der Elisabethanischen Zeit, das ich aufgestöbert hatte, kompilieren. Tatsächlich zog ich mich in den Sommerferien in das Haus meiner Großeltern zurück, das nach deren Tode noch einige Jahre im Besitz der Familie geblieben war, und arbeitete tagtäglich an dieser Übersetzung, die ich sogar zu Ende brachte. Allein, die Frucht dieser Mühen ließ so sehr zu wünschen übrig, daß ich in die weiter geplanten Etappen meines Projekts gar nicht mehr eintrat, vielmehr das Törichte meiner ganzen Vorgehensweise einsah und immerhin den Instinkt bewies, mir zu sagen, daß der eingeschlagene Weg nicht derjenige ist, auf dem man Schriftsteller wird, und schon gar nicht der, auf welchem Literatur entsteht. Ich brach also mein Ferienlager ab und fing erst einmal an anständig zu studieren.

Seine nächste große Rolle spielte »Richard II.« für mich in den Erlebnissen, von denen ich hier berichte. Schlitzers erster Reiseantrag, den ich erwähnt habe, nämlich derjenige, welcher ihm wegen der angeblich zu kurzen Frist abgelehnt worden war, hatte einer Aufführung von »Richard II.«, einem Gastspiel des Théâtre du Soleil in West-Berlin, das er besuchen wollte, gegolten. Ich selbst hatte dieses Gastspiel mit Spannung erwartet, zumal ich schon darauf und daran gewesen war, nach Paris zu reisen, um mir die vielversprechende Inszenierung anzusehen. Vielversprechend, da es ja das Théâtre du Soleil war, das mir den Traum meiner Kindheit, den Traum vom Theater vorgeträumt hatte, vermehrt noch um die Lust der Pubertät, den Traum von der Revolution und der allgemeinen Promiskuität – »Was wäre schon die Revolution ohne eine allgemeine Kopulation« heißt es bei Peter Weiss – in jenem nur noch mit dem französischen Wort »spectacle« zu beschreibenden »1789«, das ich selbst in seiner filmischen Reproduktion noch beim zehnten Male genießen konnte. Dieses umfassende Theatererlebnis, das über ein Jahr lang allabendlich in der Cartoucherie de Vincennes wie ein Volksfest zweitausend Besucher in seinen Bann zog, war so schlichtweg unvergleichlich mit allem, was ich in Deutschland je auf dem Theater gesehen hatte, daß ich mir eine Erneuerung des Deutschen Theaters nur in einer Annäherung an dieses Vorbild vorstellen konnte, wie es ja dann auch vielerorts, freilich ohne Erfolg, versucht worden ist. Eine Enttäuschung unserer Ideale müssen wir immer von denjenigen erleben, die vordem Träger dieser Ideale waren. Wir müßten folgerichtig im Interesse unserer Ideale wünschen, daß diejenigen, die in uns ein Ideal erbauen, nach vollendeter Tat stürben und vom Tod gehindert würden, uns die sonst so unausbleibliche Enttäuschung zu bereiten. So hatte dasselbe Théâtre du Soleil die Statue der Thalia, welche es mit ihrem »1789« in meinem Herzen errichtet hatte, schon zum Torso zerstümmelt, als es seinen »Mephisto« aufführte. Ich fand, daß die Truppe, die mit der Adaption dieses sicherlich nicht großartigen Romans das Deutsche Thema aufgriff, sich damit nur aller romanischen Tugenden, die sie für mich so sehr ausgezeichnet hatten, beraubte. Aus verschiedenen Gründen versprach ich mir von ihrem Richard eine Restauration der angeschlagenen Thalia in meiner Brust, deren Heilung ich mir ohnehin nur von dieser Truppe erhoffen durfte. Zu dieser Hoffnung trug bei, daß das Berliner Gastspiel in der Deutschlandhalle angekündigt war. Ich sah ein großes Theaterereignis voraus, eine Auferstehung des Geistes des Sportpalasts, eine römisch gesinnte Sprengung der bürgerlichen Theaterguckkästen des 19. Jahrhunderts in die proletarischen Arenen des zwanzigsten. Allerdings wurde die Vorfreude, in der ich die Woche vor Ankunft der Truppe in Berlin verbrachte, durch Zweifel angekränkelt. Wenige Tage vor dem bewußten Termin besuchte ich zufällig die Buchhandlung gegenüber der Technischen Universität. Neben der Kasse lagen dort in hohen Stapeln die knallgelben Reclambändchen mit den Stücken Shakespeares, die das Soleil spielen sollte. Es waren außer »Richard II.« noch drei weitere, so daß man, als ob die vergängliche Kunst des Theaters imstande wäre, Werke für die Ewigkeit hervorzubringen, von einem »Shakespeare-Zyklus« sprach. Als ich meine Bücher bezahlen wollte, stand neben mir an der Kasse ein Pärchen, das sich augenscheinlich für sehr gebildet und distinguiert hielt. Sie griff nach einem der gelben Büchlein wie an der Kasse des Supermarktes nach den Zigaretten, die der nachlässige Gatte natürlich wieder einmal vergaß. Sie war sich aber unklar, ob sie nun Karten für »Richard II.« oder für »Was Ihr wollt« hatten. Er wußte es auch nicht besser, und anstatt beide zu kaufen – die Heftchen kosteten so viel wie eine Tasse Kaffee –, kamen sie überein, den Kauf aufzuschieben. Man hätte rechtens selbstverständlich aus dieser kleinen Szene nichts Negatives über die Qualität der Aufführung des Théâtre du Soleil zu schließen vermocht; und doch behielt meine Ahnung recht. Wie war ich nämlich erstaunt, als ich am sehnsüchtig erwarteten Abend bei meinem Eintreffen vor der Deutschlandhalle nichts von dem bemerkte, was ich von sonstigen Veranstaltungen an diesem Ort gewohnt war. Es war die Stimmung, die etwa bei einem Konzert von Bob Dylan acht Stunden vor dessen Beginn geherrscht haben würde. Jetzt war es dreißig Minuten vor Beginn, an den Kassen, von denen nur eine einzige geöffnet war, standen im leichten Regen fünf, sechs Menschen, die überschüssige Eintrittskarten feilboten. Ich ging hinein. Immerhin am Einlaß das übliche Schlägerpersonal und uniformierte Polizisten. Das blieb aber auch alles, was noch an den Ort erinnerte, an dem man sich befand. Drinnen Pärchen in Garderoben wie bei einer Schaubühnenpremiere, aus denen wie dort Gesichter schauten, die von dem Wissen gezeichnet sind, stets »dabei« zu sein. Das nächste Ärgernis war, daß ich bemerkte, daß nicht nur die Ränge, sondern auch der untere Rundgang zu einem Segment abgesperrt war. Das Foyer, das man auf diese Weise hatte erzeugen wollen, wirkte mit den Leuten, die es bevölkerten, wie ein süd- amerikanischer Provinzflughafen, in den man eine Ma- schine mit First-Class-Passagieren wegen Schlechtwetter umgelenkt hat. Um mich von diesem Bilde zu befreien, trat ich, obwohl bis zum Beginn der Vorstellung noch reichlich Zeit war, in das Innere der Sporthalle, wo ich zu meinem Erschrecken sah, daß sich das ganze Gesche- hen innerhalb des Ovals der Radrennbahn abspielen würde. Für die Zuschauer hatte man eigens zu dem Zweck eine gigantische Holztribüne für 2000 Personen errichten lassen, bei der gar noch die Bänke zur größeren Bequemlichkeit mit Schaumstoff und Nessel abgepol- stert waren. Es sollte also nicht einmal der im Lokal der Anlage nach vorhandene Genuß genehmigt sein, im Rund der Kurve sich ein bißchen an die alten Stiche vom Globe-Theater erinnert zu fühlen, wo die Londoner satt und zufrieden aus den Galerien auf das Schauspiel blik- ken, oder bisweilen auch in den Ausschnitt der Nachba- rin, die sie im Arm halten. Nein, man starrte wie im Schiller-Theater, wo man dann aber wenigstens einen gemütlichen Sessel hat, frontal auf die mit japanischen Dekors abgegrenzte Spielfläche. Diese japanische Deko- ration bildete den genial erscheinenden Zugriff der Mnouchkineschen Inszenierung auf Shakespeares Stück, dem wohl die Macbeth-Adaption des japanischen Kinos, das »Schloß im Spinnwebwald«, Pate gestanden hatte, wo die Händel des schottischen Feudalismus in die Atmosphäre der Samurai verpflanzt sind. Mit Hilfe dieses Drehs vollbrachte die Aufführung die Kunstleistung, zu der das Theater so selten befähigt ist, nämlich alles Geschehen auf den Brettern aus einem einzigen Prinzip erwachsen zu lassen. Es mag unwesentlich erscheinen, in welchem Zusammenhang dies begründende und integrierende Prinzip zu dem Stück steht, das gespielt wird. So ergab auch die japanische Version der in französischer Sprache dargebotenen elisabethanischen Erinnerung an das englische Spätmittelalter eine runde Sache. Die Schauspieler, die, unterstützt von auf originalen Instrumenten am Bühnenrand gespielten japanischen Rhythmen und Weisen, sich allesamt bewegten, als seien sie Träger des fünften Dans des Aikido, kamen durch die Reduktion ihrer Mittel an die Grenzen des Ausdrucks. Es war zweifellos eine Augenweide und ein Ohrenschmaus. So kam auch am nächsten Morgen Friedrich Luft in seiner greisen Frühkritik im RIAS, nachdem er sich, dem Muster von Stalins Rhetorik folgend, die Frage vorgelegt hatte, ob man so etwas mit Shakespeare machen dürfe, zu dem Ergebnis: ja, man dürfe es, man dürfe überhaupt alles, wenn man es so gut mache wie das Théâtre du Soleil. Er hatte damit still und heimlich den Begriff der Werktreue, dem er als letzter im scholastischen Sinne Woche für Woche, Jahr für Jahr gepredigt hatte, über Bord geworfen, was mich nicht weniger stutzen ließ, als wenn ich auf einem Geldschein gelesen hätte: Wer Banknoten nachmachen oder verfälschen will, muß es sehr gut machen. Für mich kann ich nur sagen, daß ich mich in der Deutschlandhalle noch nie so gelangweilt habe wie an jenem Abend. Ich verstand kein Wort, wo ich doch wochenlang über dem Text gesessen, ihn aus dem Englischen ins Deutsche übersetzt hatte, nicht ohne alle erreichbaren deutschen Übersetzungen zu Rate zu ziehen. Zudem darf ich ohne anzugeben behaupten, daß mein Französisch nicht das schlechteste ist. Nichts half, ich verstand die Schauspieler nicht, die so voller Hingabe, so samuraiisch ergeben dies Stück zelebrierten. Es war ganz so, als ob sie auch japanisch gesprochen hätten, und ich war fast so weit, meinen Nachbarn zu bitten, einen Blick in das so beargwöhnte gelbe Heftchen werfen zu dürfen, um doch noch einen Zusammenhang zwischen den vertrauten Worten auf dem Papier und den fremden unten auf der Bühne herstellen zu können. Ich war erleichtert, als die Pause meinen Martern ein Ende bereitete. Sie brachte dafür neue. Daß in dieser Pause die märchenhaft entrückte Stimmung der alten Cartoucherie von Vincennes, wo das Soleil zuhause ist, das so zauberhaft und wie bei Schneewittchen hinter den Hügeln, nämlich denen des Bois de Vincennes, gelegene Dörfchen der Theaterleute vermißt werden mußte, war klar und daher leicht zu ertragen. Daß aber nicht ein Hauch von Sechstagerennen, kein Düftchen von Senf und Bockwurst, von Bier und guter Laune zu verspüren war, das schien mir so, als hätte die Deutschlandhalle sich aus der fetten Volksfestnutte in eine spröde Jungfer verwandelt, die das Ereignis mit verschlossenen Poren über sich ergehen läßt. Ich war unentschlossen, ob ich mich in die gesitteten Schlangen der Smokings und Abendkleider reihen sollte, wo man für Baguettes und Piccolos anstand, und schlenderte in Erwartung irgendeiner Entscheidung einige Male den verbliebenen Teil des Rundgangs auf und ab. Da stieß ich, wie um meinen Verdruß komplett zu machen, auf Gerhard Blotsch, an den ich seit Monaten nicht mehr gedacht hatte, der aber bei genauer Überlegung mit völliger Sicherheit hier zu erwarten war. Er war ein gut verdienender Informatiker, den ich während meines Studiums kennengelernt hatte, da er aus Kulturbeflissenheit Philosophieseminare besuchte. Es gab schlechterdings kein kulturelles Ereignis, das er sich entgehen ließ, hätte er doch in den Gesprächen, die diesen Ereignissen zu folgen pflegen, darauf verzichten müssen, mitzureden und dadurch seinen gänzlichen Unverstand, seine völlige Begriffs- und Ahnungslosigkeit vor dem Reiche der Kunst zu offenbaren. Er hatte mich schon erblickt und ins Gespräch gezogen, während seine Frau sich am Buffet anstellte. Da ich ihm Geld schuldete, sah ich mich genötigt, seine Konversation auszuhalten, bis seine Frau zurückgekehrt sein würde und er etwas anderes in den Mund zu nehmen hatte als seine quälend verständnislosen Kommentare zu allen Sparten des Kunstgeschehens. Vergeblich versuchte ich das Gespräch auf die Politik zu lenken, wo er ein leidiges Urteil besaß, denn er war als Heranwachsender in der Kleinstadt, aus der er stammte, Funktionär der DKP gewesen. Jetzt paßte auf ihn allerdings das Prädikat, das mir Knut Kallrath einmal vor einer Premiere in der Kantine des besagten westdeutschen Schauspielhauses beim Anblick eines wichtigtuenden Kritikers, der dort herumschwirrte, zugezischt hatte: »Das ist auch so eine richtige BRD-Type!« Während der unangenehmen und kaum zum Verrinnen zu bringenden Minuten, die ich bei Blotsch stand, reifte in mir der Entschluß, den Ort zu verlassen, sobald ich mich aus der Schlinge dieses Smalltalks herausgewunden haben würde. Nicht nur seine Rede, auch sein Anblick war schwer auszuhalten, da er in seiner Kleidung einen ebenso grausamen Geschmack bewies wie in allen anderen Dingen auch. Er hatte sich ganz nach seiner Fasson in Schale geworfen und trug einen Anzug, der ihm das Aussehen einer Figur von Walt Disney gab. Im übrigen verspürte ich ihm gegenüber Sympathie, da er mir wie gesagt Geld geliehen hatte und in einer Großzügigkeit, die sein intellektueller Snobismus nie hätte vermuten lassen, wie er davon auch jetzt mit keiner Andeutung etwas erwähnte. Seine Frau kehrte mit Sekt und belegten Broten zurück, und ich stand unmittelbar vor meiner Erlösung. Um mich mit einem Kompliment zu verabschieden, sagte ich etwas zu dem ausgefallenen Chic seines Anzugs. Er bemerkte, er habe ihn kürzlich in London gekauft. Mir zuckte durch den Kopf, daß er, wenn er schon Geld dafür übrig hatte, sich ein lächerliches Äußeres zu geben, mir auch welches schenken könne, da er sicher sein durfte, daß ich ihm zum Dank einreden würde, daß er damit einen hochbegabten Künstler unterstützt, was ihn jedenfalls nicht schlechter gekleidet hätte als sein Papageiendreß. So ließ ich, schon zum Gehen gewendet, fallen, sein Anzug sei sicher eine beträchtliche Ausgabe gewesen. Er nickte strahlend, sichtlich froh, eine so gute Wahl getroffen zu haben, daß man es dem Anzug ansah, daß er bei dessen Kauf nicht gespart hatte. Bevor er aber den Bissen, auf dem er kaute, geschluckt hatte und antworten konnte, kam seine Frau dem Faux pas, der sich anbahnte – denn er hätte mir sicherlich gleich die Summe genannt – zuvor und sagte so, als würde sie ironisch jene Leute, von denen ihr Gatte, als er noch praktizierender Kommunist war, die Meinung hatte, daß man sie nach der Revolution in die Fischfabrik stecken müsse, nachahmen: »Über Geld spricht man nicht, Geld hat man.« Der Ton aber, den sie dabei traf, war unverwechselbar der ihrer innersten snobistischen Seele, daß es mir kalt den Rücken runterlief.

Ich trat in den Nieselregen auf den trostlosen Vorplatz der Deutschlandhalle. Ich dachte dabei an die auf billige amerikanische Art gemachten chinesischen Fernsehproduktionen aus jüngerer Zeit, in denen die Kulturrevolution als eine Ära der ungerechten Verfolgung guter Menschen durch egoistische Funktionäre schlecht gemacht wurde. In den Szenen, in denen das Leid dieser guten Menschen Thema war, regnete es unvermeidlich, so wie es auch auf einer gelungenen Beerdigung regnen muß. Ich entschied, meine Enttäuschung auszukosten, durch das menschenfeindliche Arrangement der Avus und des ICC zu spazieren und mich durchregnen zu lassen, während ich, anstatt die Vorstellung zu Ende anzuschauen, in meinem Innern den Traum vom Theater begrub. Nichts von meinen wirklichen Erlebnissen an diesem Abend konnte ich Schlitzer mitteilen, als ich ihn besuchte und ihm sagen wollte, daß er nichts verpaßt habe.

Es war das bei meinem zweiten Besuch, wo es in seinem Hof auf die Hobbymechaniker schneite. Ich beschrieb Schlitzer nur die Aufführung, wie es ein Kritiker getan haben würde, dessen Broterwerb darin besteht, solche stellvertretenden Theaterbesuche zu machen und die Spalten mit etwas anderem als mit seinem individuellen Erleben zu füllen. Ich vermochte nur durch einen mißmutigen Ton in der Stimme auszudrücken, daß die Aufführung für mich eine komplette Enttäuschung war, ohne daß mein Bericht auch nur den Ansatz einer stichhaltigen Kritik enthalten hätte, woraus für Schlitzer meine Enttäuschung verständlich geworden wäre.

Nun sollte das Stück unter den Händen von Knut Kallrath zu einem weiteren Leben erwachen. Vielleicht gab es auch für mich eine Möglichkeit, daran teilzunehmen. Ich sah, während wir zwischen Staatsoper und Humboldt-Universität »Unter den Linden« gingen, eine neue Aussicht, auch die theatralische Sendung meiner frühen Jugend in einem zweiten Frühling erwachen zu lassen. Ob Knut Kallrath zu überreden war, mich eine neue Übersetzung anfertigen zu lassen? Ich erwähnte ihm gegenüber von allem, was für mich an Richard II. hing, noch nichts. Auf keinen Fall durfte ich versuchen, ihn zu überrumpeln, wenn mein Vorhaben, das sich mit jedem Schritt, den wir in Richtung »Möwe« taten, festigte, Wirklichkeit werden sollte. Dort angekommen, mußte ich mir am Eingang einen Klubausweis als Gast, der nur für diesen einen Abend Gültigkeit besaß, ausstellen lassen. Beim Eintreten sollte ich feststellen, weshalb dieser Klub so eifersüchtig vor dem großen Publikum behütet wurde.

Es war ein großer Salon im Stil des Fin de siècle, der es mit den besten Restaurants von Paris aufnehmen konnte. Unter den pompösen Kristalleuchtern an den mit langen weißen Tischdecken und feinem Porzellan mit gesteckten Servietten und silbernem Geschirr hergerichteten Tischen saß aber nicht, wie es für mich ins Bild gepaßt hätte, die Pariser Bourgeoisie, sondern in Jeans und T-Shirts die während der Ferien in Berlin weilenden Künstler der großen Theater der Hauptstadt, vermehrt um Teile des Bolschoi-Ensembles, das gerade der DDR

116

ein Sommergastspiel gab. An den Seiten gab es hinter den Säulen, die die hohe Decke mit ihrem neoklassizistischen Stuck stützten, aus Paravents gebildete Nischen, die zum Saal tiefblaue Samtvorhänge hatten. Auch wenn diese Vorhänge mit Seilen an den Säulen aufgezogen waren und die Paare und kleinen Gruppen an ihren Tischen dort wie Einakter erscheinen ließen, konnte man sich vorstellen, daß sie sich bei Gelegenheit schlossen, um ein Séparée hinter sich zu verbergen, in dem sich vielleicht Dinge zutrugen, wie sie dem DDR-Bürger auf der Straße nur aus französischen Romanen bekannt sind. Knut Kallrath glaubte, irgendwo Polnisch gehört zu haben, und da er bei Gastspielen in Warschau schlechte Erfahrungen gemacht hatte, war das für ihn Grund genug, unseren Tisch abseits in einer der Nischen zu wählen, was mir sehr gelegen kam, da ich so ungestört mein Ziel ansteuern konnte. Der Kellner, der uns bediente, führte mich aus dem Paris, in dem ich mich für einige Minuten befunden hatte, wieder auf den Boden zurück, den ich unter den Füßen hatte. Die Speisekarte war zum großen Teil auf französisch abgefaßt, also gab ich meine Bestellung in dieser Sprache ab, mußte das aber gleich darauf bereuen und als ein zur Lächerlichkeit deplaziertes Gehabe erkennen, als der Kellner diese Bestellung beim Notieren in schärfster sächsischer Einfärbung wiederholte, wobei er in den mit den Geschmacksnerven korrespondierenden Teilen meines Gehirns die Vorstellung einer hausgemachten Soße erzeugte, die sich über die Gerichte, die ich mir beim Lesen der Speisekarte gedacht hatte, ergoß. Es zeigte sich aber, daß der Umgang des Küchenpersonals mit den Errungenschaften der französischen Küche bei weitem nicht so verheerend war wie der der

117

Bedienung mit der französischen Sprache. Ich begann das Gespräch mit Paris und einem Restaurant in der Nähe der Gare du Nord, dem mir die »Möwe« in vielem ähnlich schien, um von da auf das Théâtre du Soleil, von diesem auf »Richard II.« überzuleiten. So harmlos steuerte ich meinen Zielhafen an. Knut Kallrath hatte die Aufführung nicht gesehen, so konnte ich den Bericht, den ich Schlitzer geliefert hatte, ein zweites Mal anbringen. Der abfällige Ton, in dem ich diese glanzvolle und allerorten gefeierte Inszenierung beschrieb, gewann nun aber eine neue Bedeutung. Wenn er Schlitzer gegenüber sagen sollte: Ach, du weißt gar nicht, wie langweilig eine Perfektion werden kann, die von keiner Gesinnung mehr getragen ist, so hieß er jetzt gegenüber Knut Kallrath: Ach Gott, ja, das war eine Inszenierung, die in ihrer Qualität nicht ihresgleichen hat. Aber das, was du aus dem Stück machen wirst, wird, weil es von innen leuchtet, deren Glanz in den Schatten stellen. Als ich mich über das Symptom der Unverständlichkeit ausbreitete, flocht ich beiläufig die Frage ein, welche Übersetzung er denn zu spielen gedenke. (Ich muß hier den Zusatz machen, daß ich diesen Zusatz zu dem nüchternen Bericht an Schlitzer in dem vollen Bewußtsein machte, daß er für Kallrath unverständlich war. Was ich sagte, war auch weniger eine impressionistische Skizze meiner Eindrücke in der Deutschlandhalle als eine Anlehnung an Schlegels philosophische Erörterung über die Unverständlichkeit. Friedrich Schlegel ist gemeint, der Fichte-Verwerter, den ich am Eingang dieser Erzählung zitiert habe, nicht der Shakespeare-übersetzende Bruder. Ich benutzte einen simplen Trick, dessen sich die großen Filmschauspieler bedienen, um das zu erzeugen, was in Amerika »personality« heißt, den Schlegel in diesem Aufsatz erklärt: »Ja das köstlichste, was der Mensch hat, . . . hängt, wie jeder leicht wissen kann, irgendwo zuletzt an einem solchen Punkte, der im Dunkeln gelassen werden muß, dafür aber auch das Ganze trägt und hält und diese Kraft in demselben Augenblicke verlieren würde, wo man ihn in Verstand auflösen wollte.«) »Ich bin mir noch nicht sicher, wahrscheinlich bleibt mir aber nichts Besseres übrig als die von Schlegel.« – »Ich denke auch, denn die von Schaller ist zwar philologisch gesehen besser, aber sie hat keine Poesie. Die von Fried ist bis auf einige gelungene Passagen schlampig und reicht in ihrer zeitgenössischen Romantik in keiner Weise an die echte Patina der Frühromantik heran.« – »Hast du mal mit dem Stück zu tun gehabt, oder warum kennst du dich in den Übersetzungen so gut aus?« – »Ich habe einmal als Gymnasiast eine Übersetzung gemacht.« Das war natürlich stark übertrieben und mußte mich in den Augen Kallraths, der über das flache Niveau selbst der höheren Bildung im Westdeutschen so ziemlich Bescheid wußte, als einen Mozart der Literatur erscheinen lassen. »Das ist ja interessant. Du mußt nämlich wissen, daß ich unseren volkseigenen Shakespeare – er meinte den Dichter, den Lärisch so gerne zitierte – gebeten habe zu übersetzen. Aber er scheint sich ganz gen Okzident zu neigen, und wenn er bei uns etwas anfäßt, dann höchstens noch Inszenierungen seiner eigenen Stücke. Bei den Schlußproben ruft er mich dann an, weil es hinten und vorne nicht stimmt. Ich sage ihm immer: ›Regie ist ein Beruf, mein Guter: Rhythmus, Tempo.‹ Meistens kann ich nur noch das Allerschlimmste zurechtbiegen.« Ich hatte die Fährte also so diskret verlegt, daß er im Glauben, einer Entdekkung auf der Spur zu sein, zielsicher in meine Falle tappte. Er war es, der die Idee aufbrachte, mich mit der Übersetzung von »Richard II.« zu beauftragen. Ich ließ innerlich die Sektkorken springen, setzte dazu aber eine Miene auf, als hätte er mir gerade ein unsittliches Angebot gemacht. Jetzt, wo ich den Spieß in selten gelungener Weise umgedreht hatte, versuchte ich ihn auf die Spitze zu treiben. Ich tat, als wäre so etwas völlig undenkbar, konzentrierte mich scheinbar ganz aufs Essen und fragte, was er von dem Karpfen hielte, bei dem wir gerade waren. Dabei achtete ich aber sehr genau darauf, ihm beständig Wein nachzuschenken, damit er bei Stimmung blieb. Ich erklärte ihm, daß ich mit siebzehn vielleicht den altersmäßig entschuldbaren Größenwahn besessen hätte, mich mit Brecht und Shakespeare zu vergleichen, daß aber ein Mann in meinem Alter zum Gespött werden muß, wenn er sich über die Bescheidenheit seiner Mittel nicht im klaren ist. Es sei einfach eine Frage des Respekts, die Übersetzung Shakespeares, selbst dann, wenn man die Verzerrungen der romantischen Eindeutschung erkennt, denen zu überlassen, die sich dazu berufen fühlen. Selbst wenn ich mich über alle Schranken von Takt und Geschmack hinwegsetzen wollte, diesen Beweis meiner Unbegabtheit zu liefern bliebe ich ja das Ensemble meiner westdeutschen Verhältnisse, durch das der elisabethanische Text nie und nimmer in eine Beziehung zum DDR-Publikum gelangen könne. Wie um die Sache ein für allemal abzuschließen, setzte ich noch hinzu, daß ich gleichwohl darin eine Aufgabe von unvergleichlichem Reiz erblicken könne. Selbstverständlich war das nur der Köder, mit dem ich den Fisch endgültig an Land ziehen wollte. Knut Kallrath, darin kein geringerer

Fuchs als Lärisch, merkte, wo der Hase langlief: »Zu schade.« – »Es ist wirklich schade (ich hatte schon Schwierigkeiten, am Ball zu bleiben), denn es beginnt mir hier gerade richtig zu gefallen. Du erinnerst dich, daß ich dir einmal davon gesprochen habe, wie gerne ich einmal auf eine Zeit in der DDR leben würde, aber nicht als Tourist, sondern als arbeitender Mensch. Eine Gelegenheit wie diese wird es wohl dazu nicht noch einmal geben.« Knut Kallrath blinzelte mich schmunzelnd an. »Eins muß man sagen, das Verkaufen habt ihr da drüben einmal gut gelernt. Ich hoffe, mit dem Schreiben ist es nicht ganz das Gegenteil. Ich telefoniere morgen mit der geschätzten Direktion unseres Theaters. Wir hatten für die Übersetzung einen Posten. Der letzte Stand war, daß dieser Posten zum Bühnenbild geschlagen wird. Da unsere maßgebende Persönlichkeit im Urlaub nicht gerne nachdenkt, wird er zu allem ja und amen sagen, es sei denn, daß deine Staatsbürgerschaft ihn im Ohr zwickt. Wenn du nichts zusammenbringst, können wir immer noch Schlegel spielen. Ich habe diese Spielzeit auch zwei Inszenierungen bezahlt gekriegt, die nicht stattfinden konnten. Du mußt aber in die Hände spucken, im November fangen die Proben an.« Ich war mit meinem Kahn im Hafen und konnte das Ruder umlegen. Ich spuckte in die Hände, rieb sie, schnippste dem Ober und bestellte Champagner. »Gib nicht so an«, meinte Kallrath trocken, »geht ja doch wieder auf Spesen.«

Man kann sich vorstellen, daß ich mein Abenteuer nun in einem ganz neuen Licht sah. Auch wenn Knut Kallrath die Flasche Champagner nicht mit mir austrank, sondern nur ein bißchen davon nippte, um zu dem ihm näherstehenden Wodka überzugehen. Die Szene war so auch ehrlicher, da ich ja auch nicht meine ganze Freude mit ihm teilte, denn ich dachte jetzt noch weniger als vorher daran, ihn in die Verwicklungen, die mich ihm über den Weg geführt hatten, einzuweihen. Eine bulgarische Schauspielerin, die, angelockt von dem Champagner, in Knut Kallrath einen alten Bekannten wiederentdeckt hatte, kam an unseren Tisch. Da mir der Sekt auf die ihm eigene angenehme Weise zu Kopf stieg, ließ er mich das zu Tuende, das unter dem Wein und Schnaps sicher verschwommen wäre, wieder klar ins Auge fassen. Also nahm ich die Gelegenheit wahr, mich unbemerkt von Kallrath zu absentieren. Ich war wie jenes Männlein aus der Zigarettenreklame von dem sicheren Gefühl besessen, daß nun alles wie von selbst gehen müsse. Das bestätigte sich, als ich »Unter den Linden« mit untrüglichem Blick das Schwarztaxi ausmachte, das ich benötigte, um mich ins Wiener Café fahren zu lassen. Dort riß der Faden aber auch schon, denn von Schlitzer war nichts zu erblicken, noch von Personen, an die ich mich um Auskunft über ihn hätte wenden können. Also fuhr ich auf demselben Weg zurück zur »Möwe«, wo ich bei meiner Rückkehr kaum zwanzig Minuten gefehlt hatte. Nun war hier nichts mehr von Knut Kallrath, noch von der schönen Bulgarin zu erblicken. Stattdessen schoß der Kellner auf mich zu, als ob er mich schon unter dem Verdacht der Zechprellerei gehabt hätte, und präsentierte mir die Rechnung. In der »Möwe«, wo sich zunehmend gute Stimmung in dieser sonst nach Mitternacht so ausgestorbenen Stadt breitmachte, wollte ich allein nicht bleiben. Ich sagte mir auch, daß für diesen Tag schon genug Gutes geschehen sei und daß ich ins Bett sollte, um morgens endlich Schlitzer zu treffen.

Denn trotz aller glücklichen Entwicklung des Abends gab es doch noch Körperteile, in denen die schmerzhafte Erinnerung an den Nachmittag bei Lärisch aufbewahrt war. Wieder »Unter den Linden« war es mir nun bei der angestrengtesten Späharbeit nicht mehr möglich, ein Automobil zu meiner Beförderung aufzutreiben. Ich ermahnte mich, darin kein schlechtes Zeichen zu sehen, konnte aber nicht hindern, daß ich auf dem Fußweg ins Hotel Bismarck Gedanken hatte, so wie ein Hund Flöhe hat, wie es in Brechts frühen Tagebüchern heißt. Sie schlugen sich zwischen Euphorie und Skepsis hin und her. Josef war noch wach, als ich ankam. Ich bat ihn, mich am nächsten Morgen früh um acht zu wecken.

Gegen zehn Uhr stand ich vor Schlitzers Tür und schellte. Nichts regte sich. Ich klingelte Sturm. Endlich, nach ein, zwei Minuten vernahm ich drinnen ein Rumpeln, das mich durch und durch beruhigte, gleich anschließend aber mein Herz pochen ließ, da ich davon ausgehen mußte, daß Schlitzer nicht gerade begeistert sein würde, mich vor seiner Tür zu finden, zumal wenn ich ihn zum Zweck dieser unangenehmen Überraschung aus dem Schlaf riß. Ich hörte eine Frauenstimme, die mich um Geduld bat. Dann schaute das Gesicht der »Wunde« aus dem Türspalt. »Zuckervötzchen«, dachte ich. »Schlitzer ist nicht da«, sagte sie mit verschlafener, verrauchter Stimme. »Störe ich?« fragte ich ein bißchen dümmlich, womit ich aber meinte, ob sie allein in der Wohnung sei. Sie verstand auch doppelt, sagte »ja« und ließ mich eintreten. Die Fahrräder standen noch immer in der Küche. Ich sagte ihr meinen Namen, sie sagte »Veronika«. Schlitzer sei auf einer Probe und komme vor Abend nicht wieder, da er nachmittags einen Termin wegen seiner Einladung nach Wien habe. Wo ich nun schon einmal da sei, könne ich Kaffee kochen, während sie sich wasche. Ich bedauerte etwas, daß sie sich nun zurechtmachen würde, denn mit den nackten milchkaffeebraunen Beinen unter dem langen weißen T-Shirt, das sie nur eben übergezogen hatte, hätte ich sie gerne länger betrachtet. »Zuckervötzchen«, dachte ich noch einmal. Mir fielen ihre Füße auf, an denen ich Geschmack fand, obwohl sie »griechisch« waren, d.h. der dicke Zeh war kürzer als sein Nachbar, was ich gewöhnlich nicht mag. Ich suchte, während sie im Bad verschwand, nach Kaffeefiltern, fand aber keine, auch keine Espressokanne, bis ich mir sagte: »Griechische Frau, griechischer Kaffee!« denn mir fiel wieder die Landessitte ein, den Kaffee einfach aufzubrühen. Ich gab mir Mühe, das Frühstück für Veronika extra schön herzurichten. Ich wurde dafür belohnt, denn als sie aus dem Bad wiederkam, war sie schöner als zuvor, hatte Jeans, aber keine Schuhe angezogen. Das Haar war, noch ganz feucht, aus dem Gesicht gekämmt. Ich bemerkte jetzt, was mir entgangen war, als ich sie im WC zum ersten Mal gesehen hatte, nämlich, daß ihr linkes Ohrläppchen eingerissen war. Nicht ganz taktvoll fragte ich sie, wie es dazu gekommen sei. »Stasi. Das war damals bei dem Krawall auf dem Alex, da hat mich eins von den Schweinen am Ohrring zu fassen gekriegt.« Ich zuckte unter dem Schmerz, den ich unwillkürlich nachempfand. »Als Schmerzensgeld haben sie mir sechs Monate Frauengefängnis gegeben.« Sie zog mit dieser schlichten Information alle meine Affektion an sich. Wir verbrachten den Vormittag in Schlitzers Hochbett. Als ich nach ihrem zweiten, meinem dritten Frühstück – diesmal machte sie den Kaffee, während ich unter der Dusche stand – auf dem Weg zu Lärisch war, fühlte ich mich entspannt und zufrieden wie selten. Ich war mir aber nicht ganz sicher, ob diese Art der Vorbereitung die richtige war, um Lärischs Argumenten gewachsen zu sein. Einige kleine Gewissensbisse schnappten zu, aber mehr von der Sorte, wie sie die Katholiken gewohnt sind, nichts, was giftig in die Seele drang, wie ich dergleichen aus meiner protestantischen Kindheit kannte, sondern fast ein kosendes und bestätigendes Tätscheln im Nacken. Irgendeine Konstruktion erlaubte mir zu denken, Lärisch könne mir bei meinen lockeren Hüften, bei meinem sich machenden DDR-Glück nicht das Geringste anhaben, wie spitzfindig er sich auch machen wollte. Heute würde er mir nicht den Kopf waschen.

Ich fiel, wie man so sagt, aus allen Wolken, als ich das Büro betrat. Schlitzer. Ich erstarrte für einige Sekunden wie ein Reptil, das man mit kaltem Wasser übergießt. Diese Starre verwandelte sich ohne Übergang in eine heißsprühende, funkenschlagende Aktivität in allen Blutrohren und Nervendrähten meines Körpers, wovon ich den Vorgeschmack gerade morgens vor Schlitzers Wohnungstür erlebt hatte. Er sah mich mit einem Ausdruck an, wie ich ihn nur dieses eine Mal in meinem Leben auf einem Menschengesicht gesehen habe: eine Mischung aus Haß über einen Verräter und überraschter Verärgerung über die Festnahme eines Komplizen, dem er gerade die ganze Last seines Verbrechens aufgehalst hat, weil er ihn vor den Fängen der Staatsgewalt für sicher hielt. Es war dieser Moment, in dem ich begriff, warum Skat das Lieblingsspiel der deutschen Männer ist. Die Verständigung, die sich in diesen von einem gleißend weißen Blitz erleuchteten Augenblicken, die wir

miteinander tauschten, zwischen Schlitzer und mir her-
stellte, vereinigte den homoerotischen Coup de foudre,
wie ihn vielleicht nur solche Männer zu erleben vermö-
gen, deren geschlechtliches Interesse auf Frauen beschränkt ist, mit der Todestreue einer kriminellen Ver-
einigung. (Schiller, an dessen Thema ich mich anzulehnen
versprach, ist nicht zufällig mit den »Räubern« hervorge-
treten.) Es heißt, die eingebaute Schwäche des Skats zu
nutzen, wenn eine außerskatliche Vereinbarung zwei starke Blätter gegen einen hochreizenden Mitspieler, der seine Gegner aufgrund des eigenen schlechten Blattes für die
Spielmacher halten muß, passen läßt und gegen diesen
zusammenführt. Man kann so etwas als unfair werten
oder mit einem Blick auf das Bridge für eine höhere
Intelligenz des Skatspiels halten. Lärisch jedenfalls hatte
in demselben Moment begriffen, daß er alleine gegen uns
beide spielen mußte, obwohl seine Vorbereitung ganz
anders verlaufen war. Jetzt blieb ihm nur noch der Bluff.
Er kam selbst raus: »Nun wundern Sie sich, daß Sie den
Besitzer des Bettes, in dem Sie die letzten drei Stunden
mit Fräulein Veronika Fischer verbracht haben, bei mir
treffen?« Schlitzer schmiß ein Pfund: »Mensch, dann
sind wir ja Lochschwager, Alter! Das muß gefeiert werden!« Ich war am Spiel und entschlossen, für meine Nie-
derlage vom Vortag Rache zu nehmen. Dem Freunde
kurz, dem Feinde lang, war die Skatregel, der ich, ohne es
zu wissen, folgte. »Wenn Sie kein Vertrauen zu mir haben, wenn Sie mich bespitzeln lassen, brauche ich keine
Sekunde mit meiner Antwort auf Ihre berühmten ›Vor-
schläge‹ zu warten. Hier ist sie!« Damit haute ich das
Bündel Geldnoten auf den Tisch, das ich damals dem
Umschlag entnommen hatte. Ich trug es die ganze Zeit

bei mir, da ich es nicht im Hotel lassen wollte, weniger, weil ich Mißtrauen gegen Josef oder das Zimmermädchen gehabt hätte, mehr, um bei Ihnen keines zu erregen. Mir fiel auf, daß zweihundert Mark fehlten, die ich inzwischen ausgegeben hatte. Also zog ich meinen Paß mit den westdeutschen Scheinen hervor und legte zwei von ihnen zu den anderen, was nun schon mehr einer Pokerszene glich. Erst recht paßte dazu Schlitzers Geste aus dem WC, die er jetzt mit einer Kaltblütigkeit wiederholte, wie man sie in den Western des Kinos nicht zu sehen bekommt. Er nahm, bevor Lärisch noch Luft geholt hatte, die beiden Blauen an sich und legte dafür Karl-Marx-Porträts hin. Endlich sah Lärisch ein, daß er gegen uns keinen Stich machen würde. Sein Divide-et-impera war ein einziger Fehlschlag. Immerhin besaß er die Wendigkeit zu einem Schwenk in vollem Manöver: »Meine Herren, wir haben hier Dinge zu besprechen, die die nähere Zukunft von Herrn Schlitzer betreffen. Ich rate im Sinne dieser näheren Zukunft, von antisozialistischen Demonstrationen in meinem Büro abzusehen.« – »Schuuulz!!!« rief Schlitzer mit unterdrückter Stimme. Lärisch fing sich völlig: »Mir persönlich macht das weder Eindruck noch Vergnügen. Beruhigen Sie sich also, und nehmen Sie vor allem das Geld vom Tisch.« Ich ließ es liegen, denn mein Akt war nicht nur eine Geste gewesen, mit der ich imponieren wollte. Ich war auch ehrlich empört darüber, daß Lärisch mich beobachten ließ, und tief erschrocken, daß ich davon nichts bemerkt hatte, was nur zwei mögliche Schlüsse zuließ: nämlich erstens den, daß ich in der DDR ein komplettes »Greenhorn« war, wie es bei dem berühmten Kollegen aus Radebeul heißt, zu blöd, den auffälligsten Geheimdienst der Welt bei seiner schlampigen Arbeit zu erkennen, so daß ich besser von allem die Finger ließ, vor allem von dem Geld, weg mit Schaden und ab nach West-Berlin, oder aber den zweiten, daß es zwei Sorten von Stasi gab, eine, die nur scheinbar getarnt ist und wie die uniformierte Polizei, aber in höherer Dosis, zur Verbreitung von zivilem Furcht-und-Schrecken dient, und eine andere, die tatsächlich wie ein westlicher Gesinnungsdienst funktioniert. »Wollen Sie Ihren Freund nicht von den neuesten Ereignissen in Kenntnis setzen?« richtete sich Lärisch an Schlitzer. »Machen Sie nur, Sie können besser reden, ich bin Künstler.« Ich bewunderte Schlitzers Mut, womit auch der meinige anwuchs, alte soldatische Binsenweisheit. »Die Direktion des Wiener Theaters teilt eine Änderung in seiner Spielplandisposition mit, die die Anwesenheit von Herrn Schlitzer zum ersten September erforderlich macht.«

»Ich möchte eine amtliche Erklärung abgeben«, sagte ich mit erhobener Stimme, »nehmen Sie ein Protokoll auf!« Ich überschätzte gewohnheitsmäßig die Verhältnisse. Die Sekretärin war für die Volkssolidarität auf einer Sitzung, Lärisch behauptete, er könne mit der Schreibmaschine kaum umgehen. Da Schlitzer, wie man weiß, ein ebenso geübter wie brillanter Schreiber war, übernahm er das Amt, und ich diktierte: »Ich erkläre hiermit, daß ich die Zeichnung auf der Titelseite meines Buches usw. von Herrn F. Schlitzer, wohnhaft usw., am soundsovielten Soten in seiner Wohnung gestohlen und diese ohne dessen Wissen verwendet habe.« Schlitzer zog den Bogen mit der Durchschrift und dem Blaupapier aus der Maschine – ich fragte mich, ob man wohl einen Fotokopierer im Hause hatte – und legte ihn Lärisch zur Unterschrift hin. Ich wollte die Durchschrift, die er mir hinhielt, unterschreiben, er zog sie noch einmal zurück und sagte mit Nachdruck: »Zur Kenntnis«, wohin ich sie nahm. Schlitzer hatte einen ganz anderen Text geschrieben, nämlich den der Ablehnung seines ersten Reiseantrags. »Wir bedauern wegen der Kürze der Antragsfrist usw.« »Ja«, sagte Lärisch zu mir, »so sieht es leider aus.« Es trug sich nun das Sonderbare zu, daß ich im selben Augenblick, da Schlitzer alle Hoffnung auf Wien aufgegeben hatte, deutlich den Lichtstreifen sehen konnte, den ich so sicher geahnt hatte und dem Schlitzer nur zu folgen brauchte, um an das Ziel seiner Wünsche zu gelangen. »Gut«, begann ich einen Entwurf, der keineswegs vollständig vor mir stand, als ich zu der nachfolgenden Ansprache ansetzte. Vielmehr setzte ich nur eine Rede in Gang, deren Verlauf allmählich, so wie Kleist es beschrieben hat, die Gedanken verfertigte, die vielleicht in vielerlei Hinsicht kurios erscheinen mögen, für mich aber wie reife Früchte aus dem Gang der Entwicklung fielen. Es gibt auch einen Rausch der öffentlichen Rede, und obwohl ich nur zwei Zuhörer hatte, verfiel ich ihm, in einer Steigerung des Phänomens, das ich gleich darauf bei Lärisch selber beobachten konnte. Das Glück des Rausches wird bekanntlich durch einen mehr oder weniger vollständigen Ausfall der Registraturen erkauft, die in unserem Gehirn für das Gedächtnis tätig sind. So kann ich hier leider nur eine verkürzte Rekonstruktion geben, die bei weitem nicht dem entspricht, was ich damals gesagt habe. In etwa war es dies: »Es gibt Zweifel, was die Staatstreue meines Freundes Schlitzer angeht. Es scheint, daß diese Zweifel durch seinen Kontakt zu mir Nahrung erhalten haben. Freilich ist es unsinnig, jemanden der Untreue seinem Staat gegenüber zu verdächtigen, weil er mit jemandem in Verbindung steht, der diesem Staat gar nicht treu oder untreu sein kann, weil er gar nicht sein Bürger ist. Kann es aber eine Treue geben, die aus Zwang besteht? Nein, denn die Treue ist ein Akt des freien Willens. Wie anders kann Schlitzer seine Treue beweisen, als wenn der Staat ihm die Möglichkeit zur Untreue gibt? Der Staat? Was setzt er aufs Spiel? Einen Bühnenbildner der zweiten Kategorie. Ich setze dagegen als Pfand einen Schriftsteller der zweiten Kategorie, der in diesem Lande schon Aufträge hat, wie sie sonst fast nur Schriftsteller der ersten Kategorie erhalten. Jemanden, der sich Mühe gibt, die Besonderheiten eines sozialistischen Gesellschaftssystems, das er bejaht, unter den Bedingungen der internationalen Konkurrenz von Sozialismus und Imperialismus zu respektieren. Jemand, der nicht alles, was er denkt, gedruckt haben muß. Jemand, der weiß, zwischen dem Wünschenswerten und dem Nützlichen zu unterscheiden, ein vollangepaßtes Mitglied des Schriftstellerverbandes.« Ich bemerkte, daß ich mit dem letzten erheblich zu weit gegangen war und machte erst einmal eine Pause. Die Pause war dreiseitig. Schlitzer mußte sich in einer Mischung aus Rührung und Mitleid befinden, Lärisch rechnete. Nachdem so eine ganze Zeit verstrichen war, ließ er verlauten: »So unter dem Motto: Gewährt mir die Schnitte . . .«

»Vielleicht ist das gar nicht so dumm, wie es sich anhört, was er da sagt.« Es war nicht genau zu unterscheiden, ob Lärisch mit Schlitzer über mich sprach oder ob er mir gegenüber eine veraltete Form der Anrede benutzte, als habe ein Anfall von Schiller sich seiner Sprache bemächtigt. Zutreffend war, daß er sich in ähnlicher Weise wie zuvor ich an eine imaginierte Menge wandte, der er mich als philosophisches Beispiel vorhielt. Nur fällt es uns ungleich schwerer, bei anderen die Dinge zu bemerken, die wir an uns selber haben, als jene, welche wir an uns vermissen, deshalb hatte ich gestutzt. Der neue Klang, den Lärischs Stimme mit einem Mal erhielt, ließ nicht genau sagen, ob die von ihm imaginierte Menge die versammelten Massen des Weltproletariats oder Hegels Weltgeist waren. »Unter uns gesagt, wie ich zwischen einem guten und einem schlechten Materialismus unterscheide, so unterscheide ich auch zwischen einem schlechten und einem guten Idealismus.« Sein »Unter uns« war nicht, wie man meinen könnte, exklusiv gemeint, um uns drei im Ansatz gegen die blind gewordene Sorte von Revolutionären, die zu Lavoisier auf der Guillotine sagen: La révolution n'a pas besoin de savants, zu verschwören, sondern es war die Geste Saint-Justs vor dem Konvent, der alle Welt einlädt, in sein Komplott gegen die Natur einzutreten. Schlitzer hatte überhaupt noch nichts dazu gesagt, und ihn ging es schließlich an. Als wir ihn zu einem Beitrag drängten, beschränkte er sich auf die Formel: »Alles Quatsch.« Merkwürdigerweise begann nun Lärisch, ihm das Visum, das er nur unter den größten Opfern und auch dann nur vielleicht zugestanden hätte, förmlich aufzuschwätzen. Die Erklärung für diese zunächst komisch erscheinende Wendung gab er selbst, indem er ein nicht als rhetorische Floskel benütztes, sondern in eigentlicher Rede gemeines »Unter uns« vorbrachte. Er hatte am Vormittag ein Gespräch mit höchster Stelle, Schlitzers Fall betreffend, geführt. Man war dort geneigt, ein gewisses Risiko einzugehen, da man langfristig an einem Ausbau der Devisenquelle des Künstlerexports interessiert war. Zwar hätte man auf

Schlitzers Gage bestehen können, da die Terminände-
rung vom Theater vorgenommen war. Eine Absage
hätte aber den Eindruck eines alleslähmenden Bürokra-
tismus machen können, der sich nachteilig auf die Nach-
frage nach Künstlern aus der DDR auswirken würde. Es
handelte sich aber an der höchsten Stelle wie auch bei
Lärisch wohlbemerkt um eine Geneigtheit zu einem gewissen Risiko, die keinesfalls mit Risikobereitschaft ver-
wechselt werden darf.

Es wäre müßig, die Attacken und Konterattacken, die
wechselnden Fesselungen und Kombinationen, die Kniffe und Listen, die zwischen Lärisch, Schlitzer und mir die
Reihe machten, aufzeichnen zu wollen. Es würde sich
daraus bestenfalls ein die Augen ermüdendes Schlachten-
gemälde im Hintergrund eines Bildes vom Generalstab
auf dem Plan ergeben. Der Tag schlief in die Nacht, wir
waren noch dabei, uns wach zu diskutieren. Erst als jemand auf die Idee kam, das Licht einzuschalten, merkten
wir, daß es dunkel war. Lärisch fiel auf, daß wir allein im
Hause waren. Das war ärgerlich, da mithin auch die
Möglichkeit einer Bewirtung ausfiel. Kaum hatte ich
diese Feststellung ausgesprochen, da verspürte ich – und
ebenso plötzlich auch Schlitzer und Lärisch – ein starkes
Hungergefühl. Ebensowenig wie unseren Hunger ver-
mochten wir aber unsere Debatte aufzuschieben, die
eben ein Stadium erreicht hatte, wo mein Vorschlag die
Gestalt eines Kontrakts annahm. Die gleiche Schwierigkeit, in der ich mich jetzt bei der Niederschrift befinde,
ob ich nämlich das Vergnügen eines Festmahls oder die
Öde eines Vertragstextes anbieten soll, beherrschte uns
damals, als wir alle drei aus dem Büro auf den Korridor
getreten waren, um Lärischs Eindruck einer völligen

132

Stille im Haus zu überprüfen. Zweifellos wäre es edler gewesen, sich für das erstere zu entscheiden; da aber keine Damen anwesend waren, entschlossen wir uns, uns keinen Zwang anzutun und das Nützliche vorzuziehen. Lärisch trieb aus einem Archiv zwei Flaschen Whisky auf, wir zeigten dem Hunger die kalte Schulter und setzten die Verhandlungen fort. Verschiedene schriftliche Entwürfe, die wir für unser Abkommen anfertigten, wurden diskutiert und verworfen. Wir palaverten uns mit Beteiligung des Whiskys und des Hungers in eine Stimmung hinein, wie sie im Zentralkomitee der SED am 17. Juni 1953 geherrscht haben mag: es mußte gehandelt werden. Aber um welchen Preis?

Gegen zwei Uhr morgens lag das Abkommen in seiner endgültigen Gestalt vor: Ich sollte meinen Paß an Lärisch abgeben, das von mir unterschriebene Formular zur Beantragung meiner Einbürgerung in die DDR, das Lärisch per Zufall in seinem Schreibtisch hatte, lag bereits auf dem Tisch. Lärisch hatte auf Schlitzer einen geheimdienstlichen Passierschein für die Staatsgrenze West ausgestellt, unterschrieben und schon mit dem Tagesstempel versehen. Er hielt ihn aber noch in der Hand. Auch an dem weiteren störte noch sehr der Konjunktiv: Wir würden zu Schlitzers Wohnung fahren, er würde sich ein paar Sachen zusammenpacken, Lärisch würde ihn an der Friedrichstraße über die Grenze bringen, dann würde ich mit ihm zum Frühstück – dann meinem vierten und verdientesten – zurück ins Büro fahren, wo wir Schlitzers Anruf aus West-Berlin erwarten wollten, auf den hin ich Lärisch den Einbürgerungsantrag und mein Reisedokument aushändigen sollte. Man sieht noch an der Art des Abkommens, welch ein System von Mißtrauen und

Absicherungen damals zwischen Lärisch, Schlitzer und mir bestand. Wenn in dieser an und für sich patten Konstellation überhaupt etwas geschehen konnte, dann in der emotiven Situation eines allgemeinen Wollens über das Unmögliche hinaus. Wir wußten alle drei, daß in dem Moment, in dem wir unverrichteter Dinge auseinandergehen würden, die Chance zu handeln für immer verpaßt wäre. Doch verbrachten wir noch eine geraume Zeit in hamletischem Hin und Her. Einmal hatte Lärisch Bedenken. Dann war er so weit, zur Tat zu schreiten, da fiel Schlitzer plötzlich ein, daß er unbedingt sein neues Auto mitnehmen müsse, worauf Lärisch ihm lange auseinandersetzte, warum das völlig ausgeschlossen sei. Nach vielem Reden wurde das Problem zur allseitigen Zufriedenheit folgendermaßen gelöst: Ich erhielt Schlitzers Lada, er sollte sich dafür meinen alten Käfer abholen, den ich in der Nähe von Stuttgart bei einer Freundin gelassen hatte. Alles war perfekt, da bekam dann ich die grundsätzlichsten Bedenken, was nun wäre, falls es mit der Shakespeare-Übersetzung nicht klappen sollte, von der ich gerade vorher behauptet hatte, daß sie unter Dach und Fach sei. Ob nicht dann Lärisch versuchen würde, mich zu zwingen, für ihn zu arbeiten? Das war gegen die wirklichen Bedenken, welche sich in mir regten, noch stark untertrieben. Was würde nämlich aus mir werden, wenn Schlitzer, für den ich diese Bürgschaft übernahm, nicht zurückkehren sollte? Das war aber, was ich genau nicht sagen durfte, um nicht alles bisher Geschehene ad absurdum zu führen. Abgemacht war, daß ich dann an Schlitzers Stelle zum DDR-Bürger wurde. Ich glaubte zu wissen, was ich tat. Ich nahm auf die verärgerten Blicke von Lärisch und Schlitzer, die anfin-

gen, meine Inszenierung für eine Farce zu halten, alle
Zweifel zurück und blies zur Aktion. Dann war wieder
Lärisch der Bremsklotz. Er konnte auf einmal nicht mehr
so viel auf seine Kappe nehmen. Nie würde er das bei
seinen Vorgesetzten verantworten können, er riskierte
gefeuert, oder mindestens strafversetzt zu werden, per-
sönliche Feinde könnten ihre Stunde wittern, ihn wegen
Verschwörung mit dem Klassenfeind anzuklagen und
und und. Der hereinbrechende Morgen und das Zwit-
schern der Vögel beendeten wie ein Signal zum Angriff
unser Palaver. Wir reichten uns die Hände und brachen
auf.

Von nun an ging alles wie vom Schnürchen. Wir selbst
spürten in den Handlungen, die sich jetzt mehr selbst
vollzogen, als daß sie von uns vollzogen wurden, nichts
von dem, was man sich in der ausgedehnten Zeit, in der
eben nur Langeweile ist und Wiederkehr des Immerglei-
chen, gemeinhin von historischen Momenten, sei es in
der Geschichte der Völker oder in der der Individuen,
vorstellt. (Deshalb gehören z. B. Zweigs »Sternstunden
der Menschheit« zu den größten Dummheiten der Lite-
raturgeschichte.) Man sieht, hier – aber auch nur hier –
ist es in der Kunst so wie im Leben, daß sich das wirklich
und wahrhaft Große durch Schlichtheit zu erkennen
gibt. Auf der Treppe, wo wir leise absprachen, daß wir
mit Schlitzers Auto fahren würden, machte Lärisch noch
einen schlechten Witz im Anschluß an die Feststellung,
daß sein Chauffeur, den wir ja sowieso nicht hätten ge-
brauchen können, natürlich längst eigenmächtig mit
dem Dienstwagen nach Hause gefahren war: »Wißt ihr«,
sagte er zu uns – über Nacht hatte sich zwischen uns das
»Du« eingestellt –, »das sind so die Momente, wo ich am

Sozialismus zweifele.« Dann kam von ihm noch beim Einsteigen in Schlitzers Lada eine halblaute Bemerkung über den guten Verdienst zweitklassiger Bühnenbildner. Von da an fiel kein überflüssiges Wort mehr. Wir fuhren zu Schlitzers Wohnung, wo er ebenso schnell wie sorgfältig seine Koffer packte. Dabei regelten wir, daß ich während seiner Abwesenheit nicht nur den Wagen, sondern auch seine Wohnung haben sollte. Ich gab ihm die Adresse, wo er den Käfer finden würde, und die eines Freundes in Wien, wo er sich fürs erste etwas Geld leihen konnte, da er außer den zweihundert Mark, die ohnehin seine waren, und den letzten hundert, die ich ihm gab, keine Devisen besaß. Hier zog Lärisch sehr stilvoll die Brieftasche und half Schlitzer mit zwei Hundertern West und mir mit zwei Hundertern Ost aus. Wir luden das Gepäck ein und fuhren zum Bahnhof Friedrichstraße. In der Bahnhofshalle verabschiedete ich mich von Schlitzer, schlicht und kurz, als sei es für wenige Stunden. Dann verschwand er mit Lärisch im Innern des Grenzbetriebes. Sie benutzten also nicht den üblichen Eingang zur Ausreise, zu dem man um den Bahnhof herumlaufen muß. Die Würstchenbude und der Erfrischungsstand hatten schon geöffnet, ich stellte mich unter die Frühschichtler, die bereits in großer Zahl den Bahnhof bevölkerten, und kaufte Frühstück. Lärisch kam zurück, nickte mir zu wie nach einem geglückten Coup. Wir verließen den Bahnhof rasch, so wie einen Tatort mit der Beute. Wir hatten im Büro kaum den Kaffee aufgesetzt, als das Telefon klingelte. »Ganz schön bunt hier«, sagte Schlitzer am anderen Ende der Leitung. Er stand vor dem Bahnhof Zoo. Ich gab Lärisch meine Papiere, der Handel galt. Unser Frühstück war begleitet von prustendem Lachen,

136

das abwechselnd bei ihm und bei mir ausbrach. Eine letzte Zigarette, dann fragte ich ihn, ob ich ihn heimfahren solle. »Was denkst du, ich bin werktätig, in zwei Stunden beginnt mein Dienst, mein Genosse Chauffeur muß doch wissen, warum er zur Arbeit kommt. Werde noch ein bißchen ins ›Neue Deutschland‹ gucken.«

Es war schon wieder Morgen, als ich erwachte. Ich packte meine Sachen und ging zur Rezeption, um mich von Josef zu verabschieden. Er tat sehr bedauernd, daß ich schon abreisen wolle. »Hatten Sie denn Erfolg bei Ihren Verhandlungen?« fragte er in einem Ton, als sei durch die Tatsache meiner Abreise bereits erwiesen, daß ich keinen gehabt hatte. Ich hatte keine Lust, als Versager in Josefs Erinnerung zu verbleiben. »Ich hatte sogar solchen Erfolg, daß ich mich entschlossen habe, hier zu bleiben. Gestern habe ich meinen Einbürgerungsantrag gestellt, und jetzt ziehe ich in die Wohnung eines Freundes.« Sein Gesicht nahm einen entsetzten Ausdruck an, als er das gehört hatte. »Wenn ich das meinem Bruder im Westen erzählen würde, wissen Sie, was der dann sagen würde? Josef, würde der zu mir sagen, weißt du was? Den müssen wir damals beim Vergasen übersehen haben.« Ich erstarrte und gab starr, wie ich war, zurück: »Josef, Sie können Ihrem Bruder sagen, daß ich für Ihre Ausreise sorgen werde.«

Ich habe diese kleine Szene hier wiedergegeben, weil man sie in gewissem Sinne als das Motto verstehen kann, unter welchem die Wochen standen, die ich nun zu verleben hatte. Trotzdem bleibt der Vergleich zu mangelhaft, um auch nur anzudeuten, was in dieser Zeit mit mir und in mir vorging. Der Zustand nämlich, in den mich Josefs Giftigkeit versetzte, auf die ich mit Gegengift (das eben nicht weniger giftig ist als das, was es bekämpft) reagierte, ist als ein aktueller unmittelbarer Gefühlszustand einem Zustand, in dem man sich über Wochen befindet, so unähnlich, daß der Vergleich eigentlich nichts taugt. Ein Aphorismus aus Benjamins Technik des Schriftstellers in 13 Thesen, die ich wie an allen Orten, an denen ich gearbeitet habe, auch in Schlitzers Wohnung aufgehängt hatte, mag zusätzlich Erklärung dafür liefern, warum es sich so verhält. »Nulla dies sine linea, wohl aber Wochen!« schreibt Benjamin. Legt man diesen Gedanken nach der Seite der Erzähltechnik aus, so wird man finden, daß die Wochen, weil sie nicht wie die Tage einen Faden haben, dem sie folgen, ungreifbar sind und der Erzählung nichts bieten, an das sie sich halten könnte. Und doch gibt es, wie man weiß, solche Zustände, in denen man sich über Wochen befindet, auch wenn dieser, da man ja nie Wochen verlebt, sondern Minuten und Stunden, im Verlaufe dieser Wochen selbst, die in Wirklichkeit eine Folge unendlich vieler wechselnder Zustände sind, kaum erlebt wird, sondern vielmehr nachträglich in der Erinnerung sich konstituiert. Ein Versuch, diesen Zustand zu beschreiben, indem man ihn in die Chronologie der einzelnen Zustände auflöst, die ihn letztendlich gestiftet haben, würde nur die Arbeit der Erinnerung auslöschen und von dem Zustand, um den es geht, nichts übriglassen. Wenn meine Vermutung zutrifft, daß das Material, mit dessen Hilfe die Erinnerung ihr rätselhaftes Schweißwerk vollbringt, aus den Ablagerungen sich wiederholender Handlungen, aus dem Bodensatz der Gewohnheit besteht, der sich der unmittelbaren Wahrnehmung entzieht, so komme ich dem Zustande, den ich dem Leser beschreiben möchte, vielleicht am nächsten, wenn ich einige der Gewohnheiten, die ich, während Schlitzer in Wien war, in Berlin angenommen habe, mitteile. Zu einem guten Teil bestanden sie aus solchen von Schlitzer, die ich mit seiner Wohnung und seinem Auto übernahm. Das waren außer den Handgriffen der Haushaltung und den Kneipen, in deren Einzugsbereich die Wohnung lag, auch Frauen, die mich aufsuchten und oft mit mir taten, was sie mit Schlitzer zu tun gewohnt waren. Das war der Ohrensessel unter dem Hochbett, in dem man bei offenem Fenster so angenehm lesen konnte, die Hauswartsfrau, die mich beim Müllausleeren hinter der Gardine beobachtete, das süße Schulmädchen aus dem vierten Stock und Tausende Kleinigkeiten. Dann kamen solche Gewohnheiten von mir, die in den bei Schlitzer vorgefundenen Formen nicht unterzubringen waren. Schon am Tag nach meinem Einzug hatte ich alle die Pinsel, Federn und Stifte aus meinem Blickfeld entfernt. Es lagen auf dem Arbeitstisch die Kopien aus Shakespeares Folioausgabe, der Oxford Concise, mein amerikanischer Füller und das Parchemin-Papier. Oft kam dazu noch eine grün und schwarz eingebundene Rechenkladde, die ich mir dort gekauft hatte, eigentlich um darin ein Tagebuch zu führen, was ich aber aus den verschiedensten Gründen schon bei der ersten Eintragung wieder aufgab, und die ich jetzt für Notizen benutzte. Ich war stolz gewesen, als ich diese Kladde aus einem Schreibwarenladen, wo ich Klemmhefter kaufen wollte, die es aber nicht gab, heimtrug, da sie einen Bruchteil ihres Preises im Westen gekostet hatte. (So nahm ich täglich Vitamintabletten, hauptsächlich, weil sie so billig waren.) Zu Hause ärgerte ich mich dann, als ich sie aufschlagen wollte, weil ich auf dem Deckel das Vermerk »Für Tinte nicht geeignet« las, das ich beim Kauf übersehen hatte. Der Versuch bewies aber das Gegenteil, es ließ sich darin sehr gut mit Tinte schreiben. Ich fand eine seltsame Freude darin, mit meinem Parker auf diesem bescheidenen Papier zu schreiben. Ich empfand ein Gefühl, etwa wie einen Onkel in Amerika zu besitzen, allerdings nur solange, bis ich auf meinem Parker ein kleines eingestanztes »Made in France« entdeckte. Daß ich an diesem Gegenstand eine ebenso geheime wie perverse Liebe zu Amerika empfand, hinderte mich nicht daran, die Parkas abscheulich zu finden, die mit Einbruch des Herbsts alle jungen Leute von Interesse zu kleiden begannen. Dabei hätte ich mich an den absoluten Wunsch, einen Parka zu besitzen, aus meiner frühen Pubertät sehr gut erinnern können. Auch daß mir die Tränen über das Gesicht liefen, als meine Mutter mir endlich einen Parka, aber eben nicht den richtigen, sondern einen falschen, der viel schlimmer und schmerzhafter war als gar keiner, gekauft hatte. Noch ärgerlicher als die Jungs in den Parkas, die ihr Recht auf eigene Kleidung mit einem Nato-Symbol demonstrieren mußten, war mir aber die Frauenmode, die sich in den ersten Septemberwochen noch bei einem Protest gegen die Verschlechterung der Jahreszeit durch Festhalten an der Sommerkleidung aufhielt, sich dann aber der Einsicht ergab, daß der nächste Winter bestimmt kommen werde, und alles in graue und braune Mäntel steckte, was meine Phantasie hätte bewegen können. Im gleichen Maße, wie mir das Herbstwetter durch den Wechsel der Mode und die Unwirtlichkeit der Straße die Menschen der Großstadtmenge entfernte, schuf es bei mir einen äußerst unangenehmen Assoziationsreichtum. Der Effekt davon auf meine seelische Verfassung war ungefähr derselbe, als wenn ich Dostojewski gelesen hätte.

Auf meine Schreibmaschine mußte ich verzichten, da keine Möglichkeit bestand, sie sicher aus Westdeutschland in meine Hände zu bekommen. Ich schrieb auf Schlitzers Maschine, und es verging wohl keine Stunde beim Schreiben, ohne daß ich unter der Qual, meine geliebte Maschine entbehren zu müssen, geflucht hätte. Meist war Schlitzers Schreibmaschine nur der Sündenbock, auf dem die Flüche landeten, die eigentlich meinem mangelnden Talent galten, das an Shakespeares Versen scheiterte wie die Fischerboote am Felsen der Loreley. Doch gab es Momente, und das waren vielleicht die glücklichsten dieser Zeit, in denen ich ganz in die Welt von »Richard II.« getaucht war. Ich lebte in alten englischen Burgen, im Thronsaal des Tower und im Schlafzimmer des Königs. Ich litt mit Henry, der seinen Fuß nie wieder auf die geliebte englische Erde setzen sollte. Manchmal, wenn ich mich lange genug in diesen Bildern bewegt hatte, sah ich einen Zug von Eleganz in den Gewändern und Gesten der Figuren, der sich ganz aus dem Mittelalter abhob und mich die einzigartige Erfahrung der Renaissance nachfühlen ließ: der leichte Flug des Menschen, der ihn beherrscht, ohne ihn gelernt zu haben, und außer sich vor Freude über seine nie beachteten Fähigkeiten ist. Von alledem konnte ich gleichwohl in meiner Übersetzung nichts spürbar machen. Es blieb Papier. Ich suchte nach Worten und Wendungen, nie paßte, was ich fand. Waren die Worte fleischig, dann waren sie zu neu und flach, hatten sie die rechte Patina, dann klangen sie hohl und tumb. Samstags ging ich mit den Blättern, die mich so wenig befriedigten, zu Knut Kallrath, der an vielem Gefallen fand, wo ich nur Mangel sah. Jedesmal wollte ich ihn bitten, mich von der Arbeit

142

zu suspendieren. Er versuchte schon nicht mehr, mir Mut zum Schreiben zu machen, da mir alle Beteuerungen über die Qualität meiner Arbeit nichts galten gegenüber den Schwächen, die er übersah, die mir aber dadurch nur um so deutlicher wurden. Knut Kallrath setzte mir dann auseinander, daß er sich so dafür eingesetzt hatte, einen Westdeutschen mit der Übersetzung zu betrauen, daß er »sich den Arsch aufreißen« würde, wenn ich ihn im Stich ließe. Also arbeitete ich weiter, mit dem Vergnügen der wenigen Minuten, in denen ich etwas zu vollbringen glaubte, die ungezählten Stunden erkaufend, in denen ich mechanisch weitermachte, nur um nicht aufzugeben. Ich wurde krank. Ich arbeitete weiter unter dem Nebel, in den die Grippe mein Denken und meine Gefühle tauchte. Ich bekam starke Schmerzen im Ohr und glaubte in einer Hypochondrie, wie ich sie mein Lebtag nur in diesen Wochen erlebt habe, ernsthaft erkrankt zu sein. (Der Grund dafür war die Spätzündung einer Warnung, die mir einmal mein Zahnarzt ausgesprochen hatte. Vor einem kleinen Eingriff, einer Extraktion zur Wurzelbehandlung, nach der der Zahn wieder eingesetzt wurde, klärte er mich pflichtgemäß über die Risiken der Operation auf. Er sprach davon, daß, da die Wurzel des Zahns in der Nähe der Nasenscheidewand liege, diese unter Umständen reißen könne. Ich war damals über die rein hypothetische Möglichkeit so in Angst, daß ich fast vom Stuhl geflohen wäre. Natürlich passierte damals nichts. Gerade diesen wiedereingepflanzten Zahn hatte ich aber verloren, kurz bevor die Ohrenschmerzen einsetzten. Ich hatte das sichere Gefühl, nun sei die Nasenscheidewand geplatzt.) Ich wollte am nächsten Tag Lärisch aufsuchen, um ihm darzulegen, daß meine Gesundheit die Überführung nach West-Berlin nötig mache. Vorher suchte ich die Charité auf und mußte finden, daß das Gesundheitssystem der DDR sehr gut funktionierte und meinem Fall voll und ganz gewachsen war. Ich wurde, ohne daß ich nach einem Krankenschein auch nur gefragt wurde, von zwei sehr lieben jungen Ärztinnen untersucht (möglicherweise waren es auch nur famulierende Medizinerinnen), es war nur eine leichte Mittelohrentzündung. Sie gaben mir drei Tage lang Penicillin zu essen, und ich wurde wieder gesund. Ich arbeitete weiter.

Sonntags fuhr ich, manchmal allein, manchmal in Begleitung von einer von Schlitzers Freundinnen, zu Lärisch auf seine Datscha in die Mark Brandenburg. Nichts bezog sich mehr zwischen uns auf Gesinnungsschnüffelei. Als ich zu Anfang, um Lärisch bei Laune zu halten, eine Andeutung gemacht hatte, in der Volksbühne für ihn Informationen zu sammeln, war er darüber in große Heiterkeit ausgebrochen. »Mein Lieber, vor ein paar Jahren, da wärst du unser Mann gewesen, aber jetzt sitzen wir dort sozusagen in der Leitung«, hatte er darauf zu mir gesagt. Diese Information trug keineswegs zu meinem Wohlbefinden bei, ich war froh, meine Arbeit außerhalb des Theaters machen zu können. Mit Lärisch verband mich etwas wie Freundschaft, inzwischen sprachen wir nicht mehr von Politik. Wir saßen am See und spielten Schach, betranken uns mit den Bauern der Gegend oder sprachen über Literatur. Wenn sich die Frauen beschwerten (Lärisch war mit einer sehr attraktiven Opernsängerin verheiratet), zogen wir uns nach dem Abendessen auf die Zimmer zurück. Nie sprachen wir über Schlitzer und die Zweifel an seiner Rückkehr, die wir hegten.

Hatte ich anfangs solche Zweifel gehegt, so waren sie inzwischen derartig herangewachsen, daß ich zuletzt nur noch aus ihnen bestand. Mir ging es mit Schlitzer jetzt, wie es dem Erzähler des Proustschen Romans mit der toten Albertine ergeht; ich durchforschte meine matt gewordenen Erinnerungen an ihn mit der schlackernden Funzel des Mißtrauens: ich machte ihn mir zum Gespenst. Ein Gespenst zum Glück, das mich in meinen Träumen zu verschonen schien.

Ich stand im Supermarkt. Zum ersten Mal in meinem Leben stand ich in einem DDR-Supermarkt. Es gab ein Zwischending zwischen Rolltreppe und Aufzug, in dem man mit seinem Einkaufswagen in den zweiten Stock gelangte. Es war ein ganz neues Gefühl, die Selbstverständlichkeit des eigenen Haushalts zu erfahren, wie wir immer in einem fremden Land die, wenn auch nur teilweise, Emanzipation von der Gastronomie als eine besondere Art der Befreiung erleben, als eine Heimsuchung der Penatenliebe, die in dem dummen deutschen Spruch »Eigener Herd ist Goldes wert« so denkbar schlecht artikuliert ist. Am Obst- und Gemüsestand bediente mich eine kleine, hutzlige, überaus nette alte Frau. Ich fand die Auswahl reich und konnte über die diesbezüglichen Lästereien, die ich so oft gehört hatte, nur noch lachen. Die Bananen waren allerdings ein bißchen klein und schon ziemlich braun. Ich nahm Artischocken, Ananas und ein deutsches Gemüse, das ich noch nicht kannte. Die nette alte Frau empfahl mir Boskop und Spargel an. Ich kaufte auch das, sie gab mir noch etwas zu, das ich aber nicht genau zu identifizieren vermochte. Ich schob meinen Karren weiter an die Wurst- und Käsetheke, die gleich nebenan war. Ich mußte warten, da gerade einer bedient wurde, der mich in seiner ganzen Kundenhaltung sehr unangenehm an den Westen erinnerte. Er war im Waslacostetdasleben?-Stil gekleidet und trug, während ihm die Verkäuferin den Parmaschinken schnitt, eine gequälte Ungeduld zur Schau, als ob jede Sekunde, die er hier verbringen mußte, ein unwiederbringlicher Verlust für die Menschheit sei. Ich dachte bei mir, wie furchtbar es sei, daß die gute alte DDR von solchen Typen nicht verschont blieb, ja daß sie auf ihrem eigenen Boden sprossen.

Dieser Art waren meine Träume, von Schlitzer kam darin nichts vor, zumindest nicht in den Träumen, die von meinem Bewußtsein ertappt wurden. Ich erinnere mich auch – und beim ersten Auftauchen dieser Erinnerung, während ich versuche, diesen Bericht zu geben, war mir gar so, als handele es sich nicht etwa um einen Traum, sondern um etwas wirklich Geschehenes! –, das erste Mac-Donalds-Restaurant in Ost-Berlin besucht zu haben. Das Schönste dabei war, daß sich zwar das Publikum, nichts aber in der Bedienung, in der Aufmachung, nichts in den Speisen und Getränken von dem, was man im Westen in den Restaurants dieser Kette vorfindet, unterschied. Ich empfand dieses Mac-Donalds-Lokal wie ein »Freio« aus den Nachlaufspielen der Kindertage. Auch gab es solche Träume, in denen die Schulzeiten wieder wach wurden. Ein letzter Schultag vor den Ferien, wo ich mich von den Kameraden verabschiedete. Ich ermahnte sie, nicht zu vergessen, daß wir uns in den Ferien zu treffen hätten, um unsere politischen Pläne weiterzuschmieden. Sie sagten alle irgendwie zu, aber aus ihrer Reaktion entnahm ich, daß ihnen nichts wirklich an dem gelegen war, was ich vorzubereiten gedach-

te. (Es war im Traum nicht klar, ob es sich um die Welt-
revolution handelte oder nur darum, das Schulgebäude
in Brand zu setzen.) Wiederholt verfolgte mich in die
Träume meine Mutter, sei es, daß sie sich in Schlitzers
Küche zu schaffen machte, sei es, daß ich einen Ausflug
nach Dänemark mit ihr unternahm. Wenn ich aus solchen Träumen erwachte, machte ich mir Vorwürfe, daß
ich ihr nicht mitgeteilt hatte, wo ich mich befand und
was mit mir geschah. Ich erinnere mich, daß, als ich im
Traum nach einem Banküberfall festgenommen wurde,
da wir nicht schnell genug zu den Fahrrädern gelangten,
auf denen wir fliehen wollten, mein erster Gedanke war:
Auf keinen Fall darf meine Mutter davon etwas erfahren!
Ich glaube, sie wäre vor Verzweiflung gestorben, wenn
sie damals gewußt hätte, auf was ihr Sohn sich eingelassen hatte.

Es waren vor allem diese Träume von Angehörigen
und Angehörigem, die mir klarmachten, daß ich in den
Westen zurück mußte, nicht die von Supermärkten und
»fast food«. (Immerhin spielte das, was ein marxistischer
Philosophieprofessor der Westberliner Universität mit
einem unglücklichen Wort »Warenästhetik« genannt hat,
eine größere Rolle für mich, als ich vorher geglaubt hätte. Zum Beispiel verspürte ich, wenn ich per Zufall
westdeutsches Werbefernsehen anzuschauen bekam, tie-
fes, echtes Heimweh. Dennoch gab es in der DDR genü-
gend Äquivalente, als daß dies eine unauslöschliche
Sehnsucht hätte darstellen können.) Je sicherer ich mir
wurde, daß ich auf keinen Fall für immer würde bleiben
können, so mehr Gedanken wendete ich darauf, Schlitzers Entscheidung vorherzusehen. Es konnte keine Rede
mehr davon sein, daß ich ihm die Treue hielt. Die Treue

hielt mich. Ich versuchte, mir den ersten Satz, den er aus dem Westen durchs Telefon gesprochen hatte, in die Erinnerung zu rufen. »Ganz schön bunt hier«, das war der Text, wie aber war der Tonfall gewesen, in dem vielleicht mehr von seiner Meinung steckte als in den Worten? Ich ließ mir aus dem Gedächtnis mehrere Male die Phrase vorspielen. Jedes Mal klang sie anders. Dann fiel mir ein, daß ein Schlager von Nina Hagen die Zeile enthielt: Kann mich ga nich enscheiden, is alles so schön bunt hier. Sie würde doch heute herzhaft lachen, wenn man sie fragte, ob sie in die DDR zurückkehren wolle. Und Schlitzer? Was bedeutete ich ihm? Wenn man die Stimmungen abzog, in denen wir uns so außerordentlich verbunden gefühlt hatten, blieb ich für ihn ein oberflächlicher Bekannter. Konnte er sich nicht ins Fäustchen lachen, wenn ich schließlich die DDR am Hals hatte, die ich mir ja so sehr zu wünschen schien? Taub für die Schreie der ihres Reiserechts Beraubten, für die Mauer und die Bonzen blind. Wenn ich mir die Sache von dieser Seite überlegte, konnte ich zu keinem anderen Resultat kommen, als daß feststand, daß Schlitzer nicht zurückkommen würde. Da ich mich damit nicht abfinden wollte, begann ich andersgeartete Überlegungen anzustellen.

Ich versuchte zu der Prognose über seine Entscheidung, von der alles abhing, auf dem Weg eines Vergleiches des Lebens, das er meiner Vorstellung nach in Wien führte, mit seinem gewohnten Berliner Leben zu gelangen, für das ich ja einen plastischen Eindruck an mir selber hatte. Der Versuch scheiterte. Ich sank aus ihm in die häßlichste Detektivarbeit ab und durchsuchte in der übelsten Stasi-Manier seine Wohnung nach persönlichen Aufzeichnungen, aus denen ich mir Gewißheit zu verschaffen versprach. Ich fand keine. Daraus kehrte ich zu Vergleichen zurück, in denen ich ganz allgemein, nicht mehr allein auf Schlitzer bezogen, das Leben im Westen dem im Osten, jetzt das meinige und womöglich für immer, gegenüberstellte. Ich tat das wider besseres Wissen, denn die Erkenntnis, daß diese Vergleiche auf der Stelle treten und da, wo sie durch ein Fenster zu blicken glauben, nur in den Spiegel gucken, war die Voraussetzung nicht nur meiner Handlungsweise, sondern überhaupt meines Interesses an der DDR gewesen. Zu dieser Einsicht brachte mich Shakespeare zurück. Der Monolog Richards in seinem Kerker, auf den, wie ich nun erkannte, alle dramaturgische Technik Shakespeares sich in Zentralperspektive organisierte, enthielt die Analyse meines falschen Bewußtseins. Hier hatte der große englische Meister, wie sonst vielleicht nur noch in seinen Hamlet-Monologen, die »condition«, wie die Franzosen sagen, des modernen Menschen am Wickel und nicht nur am Wickel, sondern, und das war wegen der fast 400 Jahre Abstand das eigentlich Frappierende, er hatte sie auch völlig im Griff. Wer sie nicht im Griff hatte, war sein Richard, ein freilich ganz verschiedener von der geschichtlichen Person Richards II. Der Monolog beginnt mit einer Reflexion, die den entthronten König die Welt draußen mit der seinigen im Kerker vergleichen läßt. Dann stellt er fest, daß der Vergleich nicht taugt, weil die Welt bevölkert ist, und »hier ist niemand als ich selbst«. Bei genauerem Hinsehen kann man bemerken, daß dies eigentlich keine Reflexion ist, sondern eine Selbstbeobachtung. Die tiefe Ahnung, welche sich dahinter verbirgt, ist die, daß sein Elend nicht darin besteht, daß ihm die Vergleiche nicht gelingen, sondern darin, daß er sie anstellt. Ich gewann daraus eine Zuversicht. Wenn ich mich aus der Vergleicherei zu befreien vermochte, dann konnte ich mir sagen, daß Schlitzer zurückkehren würde, da alle Wahl eine Einbildung ist. Dies war seine Heimat, und hier mußte er hin, wie ich in die meine. Mir schien, einmal in dieser Überlegung angelangt, gesichert, daß eine Mechanik, die unabhängig vom einzelnen Bewußtsein funktioniert, ihn ebenso unvermeidlich in die Hauptstadt zurückbringen mußte, wie sie mich immer wieder magisch in den Bahnhof Friedrichstraße zog, ohne daß ich gewußt hätte, was ich dort suchte.

Der Termin rückte näher, ohne daß ich endgültige Gewißheit darüber erlangte, ob Schlitzer kommen würde oder nicht. Ich hatte keinen Brief, keinen Anruf, keine Nachricht von ihm. Darin ausgesprochene Beruhigungen hätten mir übrigens keine verschafft. Ich war jetzt so von Mißtrauen durchsetzt, daß ich sie ohne Schwierigkeit als glatten Beweis dafür hätte interpretieren können, daß er nicht mehr daran dachte, zurückzukehren. Eifersüchtige Liebhaber finden gerade in den Treueschwüren ihrer Geliebten die größten Anlässe für ihre aufregenden Verdächtigungen. Die Zeile »I've wasted time, now time's wasting me«, die mir nie aus dem Kopf ging, wurde von einer unkontrollierten Instanz in mir mit dem heranrückenden Stichtag in sich beschleunigendem Takt skandiert. Schlitzers Wiener Premiere war am Donnerstag, den 16. Oktober. Am Freitag sollte er den Rausch von der Premierenfeier ausschlafen, samstags nach Berlin zurückfliegen, und Sonntag wollten wir gemeinsam den erfolgreichen Abschluß unseres wahnwitzigen Handels auf Lärischs Datscha feiern.

An dem bewußten Freitag wachte ich gegen Mittag

150

mit dem sicheren Gefühl auf, daß Schlitzer nicht kommen würde. Ich schlief in diesen Wochen noch mehr als gewöhnlich, denn nur der Schlaf, obwohl von Alpträumen bevölkert, bot mir die garantierte Erlösung von dem Ort und von der Zeit, die mir die Literatur nurmehr in besonderen Glücksfällen gewähren konnte. Ich frühstückte und war bereit, einen Entschluß durchzuführen, den ich seit langem in petto hielt. Ich wollte zur ständigen Vertretung der Bundesrepublik gehen. Ich habe bis jetzt noch nicht erwähnt, daß ich die ganze Zeit im Besitz eines gültigen Reisedokuments, eines »behelfsmäßigen Personalausweises«, des kleinen grünen Ausweis- und Reisepapiers des Westberliners, geblieben war. Ich hatte ihn wie den berühmten Koffer als eine Reminiszenz an diesen Ort behalten, obwohl dort in Wirklichkeit schon lange nicht mehr mein erster Wohnsitz war. Leider fehlte das entsprechende Visum. Er hatte sich in meinem Gepäck auf dem Bahnhof Zoo befunden, das Lärisch mir seinerzeit ins Hotel Bismarck bringen ließ. Leider hatte ich zu jenem Zeitpunkt, als ich im Hotel den Koffer auspackte, nicht das angebrachte Mißtrauen, zu prüfen, ob er durchsucht worden war. Deshalb mußte ich mich in der Folge mit Theorien darüber abquälen, ob Lärisch sich diese Untersuchung hatte durchgehen lassen oder nicht. Alles deutete darauf hin, daß er von meinem zweiten Reisepaß wissen mußte, jedoch verstand ich nicht, warum er ihn mir nicht abnahm. Er lag jetzt auf meinem Frühstückstisch. Ich steckte ihn ein und setzte mich in Marsch. Ich konnte schon das Gebäude der Botschaft mit der ulkigen Bezeichnung sehen. Beim Anblick der Vopos, die bei den Besuchern Ausweiskontrollen vornahmen, stoppte ich und lenkte meine Schritte um, wie ich es beim Zugehen auf eine Frau, deren Ehemann plötzlich ins Blickfeld tritt, getan hätte. Ich trat in ein Café, um bei Kaffee und Wodka meinen nervösen Anfall abzuwarten und meinen Entschluß zu überdenken. Ich sah nicht nur keinen Weg, ohne gültigen Ausweis (denn der, den ich noch besaß, enthielt ja kein Visum) an den Vopos vorbeizukommen, die ganze Aktion erschien mir jetzt ausgesprochen schwachsinnig. Um die Angelegenheit den Herren von der ständigen Vertretung plausibel zu machen, hätte ich ihnen die ganze Geschichte erzählen müssen. Sie schien mir aber so durch und durch unwahrscheinlich (und der Leser wird diesen Eindruck teilen), daß ich wohl eher an die DDR-Psychiatrie übergeben worden als nach West-Berlin gekommen wäre. Selbst wenn es mir gelungen wäre, eine Lüge zu erdichten, der man mehr Glauben zu schenken vermochte, auf jeden Fall hätte ich doch nur einen Skandal produziert, der zum Nachteil aller Beteiligten und zum großen Vergnügen der Springer-Presse ausgefallen wäre. Ich müßte den Bericht verfälschen, wenn ich sagen würde, daß mir diese Konsequenzen erst in dem Café zu Bewußtsein kamen, aber sie wurden mit dem Auftauchen des von mir nicht erwogenen Hindernisses doch abschreckender in ihrer Wirkung. Mir schauderte unter dem Gedanken, meinen Ruhm in dem Mauer-Museum am Checkpoint Charly zu finden. Dieser Alpdruck gab meinem Glauben an eine mögliche Rückkehr Schlitzers, der am Morgen bis auf den letzten Rest verschwunden war, neuen Auftrieb. Wer sagte überhaupt, daß er nicht kommen würde? Mein Gefühl beim Erwachen. Aber wie oft hatte mich dies mein Gefühl beim Erwachen in meinem Leben nicht schon gründlich getäuscht, als daß sich solch folgenschwere Entschlüsse darauf bauen ließen? Ich ging zurück in die Wohnung.

Unterwegs telefonierte ich mit Knut Kallrath und sagte ihm, daß ich unsere Samstagssitzung auf Montag verschieben müsse. Ich rief auch in dem Wiener Theater an, ob Schlitzer im Hause sei. Er war nicht im Hause, die Premiere ein voller Erfolg gewesen, wie schon der Pförtner wußte. Ich ließ mir die Nummer des Hotels geben, im Hotel war er auch nicht. Was sollte es? Wenn er kommen würde, würde er kommen, wenn nicht . . .

Schon lange wußte ich, daß das Flugzeug aus Wien am Sonnabend, 16.25 Uhr MEZ auf dem Flughafen Schönefeld zu landen hatte. Morgen würde ich ihn dort abholen wie nichts Außergewöhnliches. Es war gut, jetzt schlafen zu gehen. Ich lag im Bett und fand keinen Schlaf. Oft sah ich die ersten Bilder eines Traums, aber wie in einem Kino, in dem der Vorführer den Fehler im Projektor nicht finden kann, riß der Film immer gleich wieder ab. Nach Stunden, die ich so verbrachte, heftete sich eine der halbschlafenen Assoziationsketten an Richard II. Ich stand auf, duschte, zog mich an, versuchte zu arbeiten. Trank Kaffee, wurde noch nervöser und konnte erst recht nicht arbeiten. Ich machte einen Spaziergang, trank Bier, aber ich wurde nicht müde. Als es schon wieder Tag wurde, konnte ich endlich einschlafen. Samstag kurz nach eins fuhr ich Richtung Schönefeld. Klar war, daß Lärisch einen von seinen Leuten schicken würde. Mir folgte kein Auto. Am Flughafen war gerade eine Maschine aus Indien eingetroffen, es wimmelte von westdeutschen Rauschgifttouristen. Ich trank einen Kaffee, noch einen und noch einen. Die Abholer für die Wiener Maschine begannen einzutrudeln. Ich bemühte mich, unauf-

fällig die Leute zu mustern, ob ich Lärischs Mann heraus-
kennen würde, aber es gelang mir nicht. Ich war der
einzige, der sich so verhielt, wie ich es von ihm erwartete. Der Einflug wurde angekündigt. Die Abholer sam-
melten sich zu einem Pulk vor dem Ausgang der Zollkontrolle. Ich blieb abseits. Ich setzte mich auf einen
Sessel, von dem aus ich die Ankommenden gut beobachten konnte, und versuchte so zu tun, als warte ich auf den
Abflug nach Budapest 17.30 Uhr. Mir fiel ein, daß es
geschickter gewesen wäre, am Flughafen Schwechat an-
zurufen, um zu ermitteln, ob Schlitzer dort abgeflogen
sei. Auf die Art hätte ich Zeit gewinnen können, die mir
mit jeder Sekunde, die verging, kostbarer zu werden
schien. (I've wasted time, now time 's wasting me.)
    Die Passagiere kamen aus der Zollkontrolle. Die Be-
grüßungsszenen der Paare verursachten mir unsägliche
Schmerzen. Wo blieb Schlitzer? Schließlich blieb hinter
der Zollschranke noch ein einziges Pärchen, das wie ich
auf einen Nachzügler wartete. Ich hatte sie ihrem Aussehen nach für Theaterleute gehalten, die ich in anderer
Gemütsverfassung vielleicht sogar darauf angesprochen
hätte. Ein Nachzügler kam nicht mehr, also waren das
Lärischs Leute. Die Situation war so sonnenklar, daß die
beiden, obwohl augenscheinlich gute Leute, für einen
Moment Schwierigkeiten hatten (oder bildete ich mir
alles doch nur ein?), die Peinlichkeit, die eintrat, zu überwinden. Sie gingen zu den Telefonen. Ich stürzte, sobald
sie mich nicht mehr sehen konnten, zum Parkplatz, stieg
ins Auto und fuhr los. Ich wußte nicht wohin. Auf keinen Fall zurück in die Wohnung, dort würden sie schon
auf mich warten. Lärisch würde mir Republikflucht an-
hängen. Deswegen hatte er mir den Paß gelassen. Jetzt

war Wochenende, kein Weg mehr zur ständigen Vertretung. Ich fuhr ziellos durch die Landschaft. Ich war auf der Flucht, blind und planlos wie ein gejagtes Wild. Ein Versuch, telefonisch Kontakt in den Westen aufzunehmen, würde nur dazu dienen, belastendes Material gegen mich zu liefern. Ich war dran, so oder so. Wohin jetzt? Die DDR ist kein Land, in dem man sich verstecken kann. Ich fuhr auf den Berliner Ring und machte den großen Bogen um West-Berlin, wo ich um alles in der Welt hätte sein wollen. Intuitiv bog ich auf den Abzweig Leipzig. Das war die Einleitung für einen Plan, der nicht anders als selbstmörderisch zu nennen war. Aber wie mir schien, blieb mir keine andere Wahl. Ich wollte einfach mit meinem Reisepaß ohne Visum am Grenzübergang Hirschberg vorfahren und einen Durchbruch versuchen. Wenn ich schon wegen der Flucht aus einer Republik, der ich nicht angehörte, ins Zuchthaus kommen sollte, dann wenigstens mit Grund. Auf dem Rastplatz machte ich halt. Mir kam das Essen, das ich mir bestellte, wie eine Henkersmahlzeit vor. Überraschenderweise nahm ich sie mit großem Appetit zu mir. Ich fuhr weiter. Es waren noch 300 Kilometer bis zur Grenze. Am Tacho konnte ich ablesen, wie mein Mut sank. Warum fuhr ich nicht nach Marienborn? Das wäre näher gewesen. Ich ahnte, daß mein Entschluß keine drei Stunden mehr durchhalten würde. Krampfhaft drückte ich aufs Gaspedal. Entgegenkommende Fahrzeuge blendeten auf. Radarkontrolle. Das hätte gerade noch gefehlt, jetzt, ohne brauchbare Papiere. Ich fuhr 60. Um meine Verfassung wiederzufinden, hielt ich am Rastplatz. Ich verbrachte dort zweieinhalb Stunden bei einer Kanne Kaffee und zwei Stücken abscheulicher Käsesahne. Dann wurde geschlossen. »Die Raststätte Hermsdorfer Kreuz hat die ganze Nacht geöffnet«, erinnerte ich mich. Sie war mein nächstes Ziel, nur noch wie etwas sehr Entferntes der Grenzübergang Hirschberg. Ich wußte nicht, was ich bestellen sollte, aus Verlegenheit sagte ich »Schokolade«. Schokolade gab es nicht. Limonade. Ich trank eine, dann fünf Flaschen Apfelsaft, der verdaulich war. Ich kam einfach nicht los. Gerade hatte ich Tee bestellt, da geschah etwas.

Ein Mann betrat die Gaststätte. Ein Transitreisender, der mir täuschend ähnlich sah. Wieder schaltete alles in mir um, wie es in der Nacht passiert war, in der wir Schlitzer über die Grenze brachten. Wenn ich bis zu diesem Zeitpunkt eine einzige Gewißheit hatte, nämlich die, daß mein Coup schiefgehen würde, was sich an meiner nervösen Unentschlossenheit so zweifelsfrei manifestierte, daß ich bei einigem Verstand längst umgekehrt wäre, so lag jetzt mit einem Mal alles klar wie ein aufgeschlagenes Buch. Ich spürte wie die erlösende Wirkung einer Droge die beruhigte Kälte des Handelnden und handelte, ohne irgendwie noch darüber nachzudenken. Der Mann ging zur Toilette, ich folgte ihm. Als ich eintrat, kam er mir vom Pissoir her in Richtung des Waschbeckens entgegen. Ich schlug ihm mit voller Wucht die Faust unter das Kinn (nie hatte ich in meinem Leben so etwas getan, noch gedacht, daß ich es tun könnte; alles, was in den Sekundenbruchteilen, in denen ich zum Schlag ansetzte, in mir vorging, war, daß ich die Stimme von Glatze hörte: »Du mußt schlagen, als wenn du durch den Mann durchhauen willst«). Ich öffnete die Tür einer Kabine und zog den bewußtlosen Körper hinein. Ich schloß die Tür ab, holte die Brieftasche aus dem Jackett, prüfte

Ausweispapiere und Führerschein (er war auf einen BMW mit Münchener Nummer ausgestellt, das Foto im Ausweis zeigte den Mann in jüngeren Jahren, wo er mir, wie ich fand, noch ähnlicher war als jetzt), fischte den Autoschlüssel aus der Hosentasche und ging direkt zum Parkplatz, wo es schon wieder hell geworden war. Ich fühlte mich frisch und kräftig wie der erwachte Morgen. Der BMW rollte auf die Staatsgrenze West zu, und ich hatte nicht mehr den leisesten Skrupel, noch irgendeinen Gedanken über Gelingen oder Nichtgelingen der Tat. Nur als ich an dem Schild vorüberfuhr, das das Ende der Strecke für Fahrzeuge der DDR (ausgenommen grenzüberschreitender Verkehr) anzeigt, spürte ich wie meine Spannung anstieg. Aber nicht nervöser wurde ich davon, sondern kühler und aufmerksamer. Sonst wäre ich vielleicht mit dem schnieken BMW in mein Unglück gefahren. So erkannte ich auf der Gegenfahrbahn unzweideutig meinen alten Volkswagen. Ich trat in die Bremse, wendete auf der Fahrbahn und fuhr die zwei, drei Kilometer, vielleicht als der erste Geisterfahrer in der Geschichte des DDR-Verkehrswesens, zur letzten Ausfahrt zurück. Ich wechselte auf die andere Fahrbahn und hatte den Käfer schnell eingeholt. Am Steuer saß Schlitzer.

Wir hielten am nächsten Parkplatz. »Und ich dachte schon, du kommst nicht mehr.« – »Lange Geschichte.« Wir versprachen uns, später alles genau zu erklären. Fürs erste war wichtig, daß Schlitzer mit dem BMW zum Hermsdorfer Kreuz fuhr, dem Mann seine Sachen zurückgab und ihn aus seiner ungünstigen Lage befreite, bevor er von dem Raststättenpersonal bemerkt wurde. Ich fuhr derweil mit dem Käfer zu Lärisch auf die Datscha, wohin Schlitzer mit dem Lada nachkommen sollte. Ich erklärte ihm noch, wo er den BMW parken mußte, dann trennten wir uns. Aber diesmal wirklich für kurz.

Lärisch saß mit seiner Frau auf der Terrasse beim Frühstück. Ich hatte den Käfer an der Uferpromenade geparkt, um ihm die Überraschung nicht zu verderben. »Ich wußte, daß du kommen würdest«, begrüßte er mich, »ist aber doch eine traurige Sache, daß Schlitzer dich sitzenläßt.« Falscher Fuffziger, dachte ich bei mir, deswegen schickst du mir deine Leute nach, weil du weißt, daß du dich auf mich verlassen kannst. Um ihm das übelnehmen zu können, war ich erstens selbst nicht besser und zweitens in viel zu guter Laune. Ich machte mir einen Spaß aus dem, was wenige Stunden vorher noch todernst war: »Wieso?« fragte ich, »ist er noch nicht da?« Ich sah Lärischs Gesicht an, daß er mir jetzt die Erkenntnisse seiner Nachforschungen auftischen wollte, obwohl er mir gerade eben das Vertrauen ausgesprochen hatte. Ich ließ ihn damit gar nicht erst zu Wort kommen. »Wenn Schlitzer nicht geflogen ist, dann kommt er mit dem Auto. Ich schätze, daß er zum Mittagessen hier ist.« Mehr wollte ich davon nicht hören. Lärisch muß wohl gedacht haben, ich würde den Rest meines Lebens in der DDR wie eine Kriegerwitwe mit der fixen Idee verbringen, daß Schlitzer wiederkehrte. Wir gingen fischen. Seine forschenden Seitenblicke, mit denen er den Grund meiner guten Laune zu finden versuchte, erhöhten sie immer mehr. Der Grund spülte an die Oberfläche, als wir unseren Fang in die Küche der Datscha brachten, wo Schlitzer Lärischs Frau beim Gemüseputzen half. Lärisch hatte, ich sah es genau, Feuchtes im Auge, das dem Tyrannen des Schillerschen Gedichts nicht schlecht zu

158

Gesicht gestanden hätte, als er Schlitzer in die Arme nahm.

Seinen Vorschlag, den er uns in diesem Überschwange zu machen beschloß, konnte er uns erst nächsten Tags mitteilen, weil seine Frau davon nichts wissen durfte. Um den Leser nicht wie im Märchen mit »Und wenn sie nicht gestorben sind, so leben sie noch heute« zu verabschieden, möchte ich ihm noch kurz schildern, was dieser Vorschlag war, und was aus ihm wurde. Zuvor muß ich, da sonst keine Gelegenheit mehr dazu sein wird, noch berichten, was Schlitzer mir, nachdem wir allein waren (denn für Lärischs Ohren war es nicht bestimmt), über die Ursache seiner Verspätung und die Vertuschung meiner Körperverletzung am Hermsdorfer Kreuz erzählte. Es waren dabei weder Naturkatastrophen noch menschliche Intrigen im Spiel. Schuld war die Uhr am Wiener Westbahnhof. Schlitzer hatte, wie man weiß, seine Malnija an mich verschenkt. Als er am Tag seines Abflugs auf die Quartzuhr, die er sich praktischerweise zugelegt hatte, sah, war es höchste Zeit, zum Flughafen zu fahren. Da er aber der Bahnhofsuhr – er war zufällig gerade am Westbahnhof –, die er konsultierte, mehr Glauben schenkte als seiner Armbanduhr, ließ er sich Zeit für einen Imbiß vor der Reise. Da die Uhr am Wiener Westbahnhof, wie jeder Wiener weiß, immer falsch geht, hatte er sein Flugzeug verpaßt. Er hatte mir gleich darauf in seine Wohnung telegraphiert, die ich nicht mehr zu betreten wagte. Von dem armen Münchener Transitreisenden, der als einziger und zudem als Unbeteiligter an den hier beschriebenen Ereignissen körperlichen Schaden nahm, erfuhr ich, daß er mir nur sehr entfernt ähnelte, vor allem aber fleischige Ohrläppchen hatte (ich selbst habe angewachsene) und von keinem Grenzbeamten des ganzen Ostens mit mir zu verwechseln gewesen wäre.

Kommen wir zum Schluß auf Lärischs Vorschlag. Er hatte seit langem vor, seinen Dienst zu quittieren. Eine Mission auf die Kanarischen Inseln, deren Inhalt ich hier übergehe, die er mit ausgefuchsten Kabalen an sich gebracht hatte, erfüllte ihm den Wunsch, sich von seinem Vaterland und von seiner Frau, die er zwar beide noch liebte, aber nicht mehr ertrug, zu entfernen. Schlitzer und mich, die wir dazu ohne Umschweife bereit waren, nahm er auf diese geheimdienstliche Mission mit, was er bei seinen Vorgesetzten mit den intelligentesten Argumenten, die ich hier gleichfalls übergehe, durchsetzte. Wir flogen noch in der folgenden Woche von Tegel nach Teneriffa. Enttäuschen mußte ich Knut Kallrath, dem ich die Übersetzung nicht zu Ende schrieb. Er mußte Schlegel spielen lassen und hat mir bis auf den heutigen Tag nicht verziehen. Schlitzer, Lärisch und ich lebten eine Zeit auf La Palma. Zu uns gesellten sich noch Glatze und seine Frau. Sie entwarf Modekleider für betuchte Touristen, und er wurde Boxtrainer im Polizeisportverein von Santa Cruz. Dabei wurde aus dem Jugendsieger, wie wir es oft bei Menschen finden, die auf der Höhe ihrer Leistungskraft das Interesse an ihrem Jugendtraum verläßt, ein Altmeister, der auf offenen Meisterschaften der Alten Herren noch ehemalige Europameister besiegte. Die beiden leben noch heute auf dieser wundervollen Insel, und ihre schöne Tochter spricht den unverwechselbaren palmerischen Dialekt. Was aus Lärisch wurde, ist vielleicht dem einen oder anderen bekannt, da sein Fall durch einen Teil der Presse ging. Er ging nach Südamerika, wo er

160

alte Nazis aufspürte, die er von Untergrundkommandos, zu denen er Kontakt unterhielt, auf offener Straße erschießen ließ. Der langjährige Stasi-Beamte fand den Heldentod, als ihn ein von den verfolgten Verfolgern geheuertes Kommando eines Morgens auf die gleiche Weise vor einer Fleischerei in Buenos Aires heimsuchte. Schlitzer, der eine Zeit in Wien zu leben versuchte, kehrte schließlich mit österreichischem Paß in die DDR zurück, mit dem er dort heute so glücklich und unglücklich wie eh und je lebt.

THORSTEN BECKER
DIE NASE

Eine Erzählung
Englische Broschur

Dem kleinen Werner paßt es von Anfang an nicht, die gleiche Nase im Gesicht zu haben wie sein Vater — jahrelang drückt er ihre Spitze in die Höhe, bis die Nasenlöcher sichtbar werden und die Ähnlichkeit mit dem Vater verschwindet. Die gleiche Willenskraft zeigt Werner auch, als es später darum geht, die provinzielle Enge der Heimat zu verlassen und als Künstler sein Glück in der Hauptstadt zu machen. Hier, in Berlin, trifft er Walter, einen Sproß aus den höchsten Kulturkreisen seines Vaterlandes, der im übrigen in seiner Jugend mit der gleichen Beharrlichkeit seine Nase korrigiert hat — in entgegengesetzter Richtung. Es entsteht eine Freundschaft, die ihren Ausdruck in einem gemeinsamen Projekt findet: Der Verfilmung von Goethes Wilhelm Meister. Aber ihr Vorhaben wird harten und lehrreichen Prüfungen unterworfen. Denn »Die Nase« ist auch eine moderne Version von »Wilhelm Meisters Lehrjahren«, dem großen Bildungsroman der deutschen Klassik.

KIEPENHEUER&WITSCH

Danilo Dolci
Sizilianische Geschichten

Titel der Originalausgabe: *Racconti siciliani*
Aus dem Italienischen von Anna Mudry und
Christine Wolter
Mit einem biographischen Essay und ausführlicher
Bibliographie von Peter Müller
KiWi 139

Aus den wichtigsten Werken Danilo Dolcis, dem »Gandhi Siziliens«, sind hier vom Autor 22 Lebensgeschichten zusammengestellt. Sie spiegeln die Probleme Siziliens und seiner Menschen wider, wie es in keiner wissenschaftlichen Sozialstudie zu finden ist.

KiWi Paperbackreihe bei Kiepenheuer&Witsch

Tama Janowitz
Grosstadt-Sklaven

Slaves of New York
Titel der Originalausgabe: *Slaves of New York*
Aus dem Amerikanischen von Christine Schöfer und
Claudius Ohder
KiWi 137

Großstadt-Sklaven ist eine wirkliche Entdeckung. In den
letzten Jahren hat kaum ein Buch so genau den Nerv der
Zeit und des Ortes getroffen wie diese Sammlung von
Stories über die Künstler- und Lebenskünstlerszene in
New York. In jeder Geschichte wird eine spezielle Form
moderner Sklaverei ins Visier genommen: die Woh-
nungs-Sklaverei, die Sex-Sklaverei, die Geld-Sklaverei,
die Gefühls-Sklaverei.

KiWi Paperbackreihe bei Kiepenheuer&Witsch